W0184750

Petra Oelker Drei Wünsche

rororo

Petra Oelker

DREI WÜNSCHE

Eine Weihnachtswundergeschichte

Illustriert von
Andrea Offermann

Rowohlt Taschenbuch Verlag

6. Auflage September 2017

Veröffentlicht im Rowohlt Taschenbuch Verlag,
Reinbek bei Hamburg, November 2012

Motto auf Seite 7: Barbara Krohn, Alltagsrettung.
Edition Lichtung, 2010.
Umschlaggestaltung any.way, Barbara Hanke/Cordula Schmidt
(Illustration: Andrea Offermann 2011)
Satz Stempel Garamond, PostScript, InDesign,
bei KCS GmbH, Buchholz bei Hamburg
Druck und Bindung CPI books GmbH, Leck, Germany
ISBN 978 3 499 25772 8

Du siehst dich um, woher du kommst, wohin du gehst. Versuchst abzuschätzen, was noch vor dir liegt. Ob es sich lohnt. Seitensprünge werden denkbar. Querfeldein oder geradeaus, den Augen nach. Wohin du dich auch wendest, es ist dein Weg, dein Tag.

BARBARA KROHN

Für Kickel und Gerd,
natürlich wegen Weihnachten

Im Dezember 1773

Die vier kräftigen, gut im Futter stehenden Braunen scharrten ungeduldig mit den Hufen und schnaubten unternehmungslustig, als erwarte sie ein netter Ausflug in die Marsch und nicht Stunde um Stunde harte Arbeit im Geschirr der Postkutsche. Wie immer kurz vor der Abfahrt war das Gedränge auf der Hohen Brücke auch an diesem Samstagmorgen groß. Niemand blickte wie sonst hinunter auf den Binnenhafen, zwischen den Masten der Ewer und Großsegler hindurch auf die weite Insellandschaft südlich der großen Stadt. Dem schönen Ausblick, den man alle Tage und dazu ganz umsonst genießen konnte, hatten alle den Rücken zugewandt, um das Geschehen vor der Poststation zu beobachten.

Die meisten waren nur Neugierige, die fanden sich immer hier oder an den Posten der anderen Linien ein, um zu schauen, wer ankam oder die Stadt verließ, in welcher Kleidung und mit welchem Gepäck, auch in welcher Stimmung, wer von wem abgeholt oder hergebracht wurde. Abfahrten verursachten größere Aufregung bei denen, die sich für lange Zeit verabschiedeten und den Gefahren der Straßen aussetzten, ebenso wie bei den Gaffern, von denen die meisten kaum je weiter gekommen waren als bis nach Altona, Wandsbek oder Bergedorf. Die Vorstellung von dem Land und dem Leben jenseits der Elbe, von Achsenbrüchen, mörderischen Straßenräubern und durchgehenden Pferden rief stets einen wohligen Kitzel hervor, diese überaus anregende Mischung aus Abenteuerlust und Furcht vor Gefahren und dem Fremden ganz allgemein.

An diesem Samstagmorgen warteten alle auf die Abfahrt der Kutsche über Bremen nach Ostfriesland, was nicht so weit war wie Wien oder Antwerpen, Moskau gar, aber auch eine ordentliche Strecke. Die Räder sollten schon seit einer halben Stunde rollen, aber zuerst hatten der Kutscher und der Postillion mit dem Verstauen des Gepäcks auf dem Dach mehr Mühe als gewöhnlich gehabt, was vor allem an einem unerwartet sperrigen, nahezu einer Kommode gleichenden Weidenkorb gelegen hatte, und als endlich alles verstaut war und die Fahrgäste einstiegen, gab es ein neues, höchst seltenes Problem.

Eine Frau von vielleicht dreißig Jahren stand unschlüssig vor der Kutsche, anstatt hurtig einzusteigen. Unter ihrem aus gutem Wollstoff gefertigten burgunderfarbenen Mantelumhang trug sie ein schlichtes Gewand, das dem Dezemberwetter kaum trotzen konnte, ihr glattes rotblondes Haar war streng und schmucklos frisiert, an einer Kordel um ihren Hals hing ein Muff aus Kaninchenfell. Ihre Hände waren Arbeit gewöhnt, das sah man, sie umklammerten ein geknotetes Bündel, über der rechten Schulter der Reisenden hing ein weiteres. Ihr Gesicht war bleich, die Augen dunkel, die Lippen fest aufeinandergepresst.

«Nu' aber los, Madam», rief der Kutscher vom Bock herunter. «Wir haben schon Verspätung! Einsteigen und los. Oder wir fahr'n ohne Euch. Entscheidet flink, ruck, zuck, wir könn' keine Zeit mehr vertrödeln, was denkt Ihr bloß.» Und leise in seinen Kragen murmelte er noch: «Blöde Weiber, könn' sich nie entscheiden.»

Die Frau machte einen Schritt auf die Kutsche zu, ihr Gesicht sah plötzlich sehr jung und verletzlich aus, sie setzte den Fuß auf den Tritt, nahm ihn wieder herunter, setzte wieder an – und wäre nicht just in dem Moment ein sehr junger Mann angerannt gekommen, ganz außer Atem, mit wehendem Mantel, den Hut im Rennen schon verloren und heftig winkend, wer weiß – wahrscheinlich wäre Theda Harling, die unentschlossene Frau vor der Kutsche, eingestiegen, und ihr ganzes Leben wäre anders verlaufen. Wahrscheinlich? Nein, ganz sicher. So ist es eben manchmal, man kann es Zufall nennen. Oder Schicksal? Bestimmung? Am besten, man nennt es einfach das Leben.

«Wartet», keuchte der junge Mann zu dem Kutscher hinauf. «Ich muss auch mit, unbedingt! Es geht, na ja, ich sage mal um Leben und Tod! Ich muss sofort nach Bremen, heute noch, meine ich. Ich MUSS! Und wenn ich der Kälte trotze und auf dem Dach mitfahre.»

«Zu spät», knurrte der Kutscher, der Postillion putzte gelangweilt mit dem Ärmel über sein Horn und setzte es schon mal an die Lippen, er war solche Verzögerungen gewöhnt, die meisten Menschen waren schlecht organisiert. «Der Wagen ist voll», erklärte der Kutscher, «das seht Ihr doch. Wo gibt's denn so was, kein Billett reservieren und einfach herkommen und 'n Platz fordern? Auf dem Dach», er wies mit dem Daumen hoch zum Kutschendach, wo für gewöhnlich die billigen Plätze Raum für zwei oder drei, notfalls vier Reisende boten, «ist auch alles voll. Ja, alles voll. Es sei denn», er wies mit dem Daumen nach unten auf Theda Harling, die immer noch wie eine Salzsäule vor dem Schlag stand, «diese Madam entschließt sich endlich und bleibt hier.»

«Bitte!» Der Neuankömmling, er war übrigens ausgesprochen hübsch, was ihm schon häufig zum Vorteil gereicht hatte, fiel vor Theda auf die Knie und hob flehend die Hände. «Bitte, Madam, habt ein Herz und überlasst mir Euren Platz, Euer Billett. Ihr rettet mein Leben.» Für so einen Appell leuchteten seine Augen erstaunlich vergnügt.

Inzwischen hatte sich der Kreis der Schaulustigen enger um die Kutsche und dieses ergötzliche Theater gezogen, doch bevor sie das Für und Wider abwägen konnten und begannen, gute Ratschläge zu rufen, geschah, womit niemand, auch nicht der aufgeregte junge Mann, gerechnet hatte. Vielleicht nicht einmal Madam Harling. Plötzlich wurden ihre Lippen weich und ihre Augen froh. Sie nestelte ihr Billett aus dem Muff und rief zum Kutscher, er möge ihre Reisetasche vom Dach holen. Gegen die stürmische Umarmung des, wie schon erwähnt, ausgesprochen hübschen jungen Mannes wehrte sie sich nur wenig, ebenso gegen die großzügig bemessene Erstattung des Fahrpreises. Dann ging alles ganz schnell, ihre Tasche fiel direkt vor ihren Füßen auf die Erde und der Schlag hinter dem neuen Fahrgast in seine Raste, das Posthorn tönte grell, und die Pferde zogen an.

Als die Menge sich schon aufgelöst hatte, stand Theda Harling noch auf der Brücke und sah der verschwundenen Postkutsche nach. In ihrer Miene war nicht zu lesen, was sie dachte oder fühlte, das wusste sie selbst nicht genau. Endlich beschloss sie, froh zu sein und auf diesen Zufall, das Schicksal oder was auch immer zu vertrauen, womöglich war sogar ihr Schutzengel im Spiel. So, wie es war, musste es gut und richtig sein – hätte sie sonst zuvor vergessen, den Schlüssel zu der Wohnung in der Mattentwiete abzuliefern? Zu der Wohnung, die ihr nun den Unterschlupf gewähren konnte, ohne den sie nicht hätte bleiben können?

Im Übrigen war es müßig zu hadern. Die Kutsche war weg. In ihrem Muff steckte der Schlüssel, es wäre schändlich, das nicht zu nutzen. Nur für einige Tage, bevor sie dorthin zurückkehren musste, woher sie vor fünf Jahren gekommen war, um wieder eine ehrbare und gottesfürchtig dienende Ehefrau zu werden. Manch andere Witwe hätte sie beneidet, leider war ihr der Mann zuwider, der in der schläfrigen kleinen Stadt inmitten weiter Moore in eintönig verlaufenden Tagen, Wochen, Jahren auf sie und vor allem ihre Dienste wartete, ihre Dienste in Haus, Stall, Garten und Schlafkammer. Sie hatte vergeblich nach einem Ausweg gesucht, ihr blieb keine Wahl. Hätte sie eine Neigung zur Theatralik gehabt, hätte sie heute Morgen auf dem Weg zur Kutsche gedacht, es fühle sich an wie der Weg zum Schafott. Das war zweifellos ein bisschen übertrieben, dennoch hatte sie sich vorgestellt, einfach davonzulaufen.

Sie tastete nach dem Schlüssel, als könne er plötzlich verschwunden sein, nahm ihre Bündel und die Tasche und machte sich endlich auf den Weg zu der Wohnung, zu deren Schlüssel ihr das Glück verholfen hatte. Diese letzten Tage des Jahres blieben ihr, ihr ganz allein, heimlich und unbewacht.

Gut möglich, dass sie verrückt war.

Tatsächlich war Theda Harling eine überaus vernünftige Frau. Das hatte das Leben sie gelehrt, obwohl niemand behaupten könnte, es sei ungewöhnlich reich an dramatischen Ereignissen oder Schicksalsschlägen gewesen. Wenn sie darüber nachdachte, was sie in den letzen Wochen notgedrungen hatte geschehen lassen müssen, kam sie zu dem Schluss, sie habe sogar stets im rechten Moment Glück gehabt.

Als ihr Vater starb zum Beispiel, sie war noch ein kleines Mädchen gewesen, hatte ihre Mutter einen neuen Ehemann gefunden, der auch das Kind aufnahm, anstatt es zur Arbeit auf einen der umliegenden Moorhöfe zu geben. Natürlich hatte sie es ihm mit Fleiß und Gehorsam vergolten, erst recht, als die Halbgeschwister geboren wurden, fünf an der Zahl.

Auch dass just Friedrich sie zur Ehefrau wählte, war Glück gewesen, besonders, weil er sie mit in ein neues Leben nahm. Auch zur rechten Zeit und zur Zufriedenheit von Mutter und Stiefvater, die Halbschwestern waren längst groß genug, ihren Platz und ihre Pflichten im Haus zu übernehmen.

Sogar als Friedrich plötzlich starb, hatte sie bei allem Unglück wieder Glück gehabt, als sie die Anstellung bei Madam Zoller fand. Die hätte eine bessere Bedienstete einstellen können, eine, die neben der Küchenarbeit hübsch zu singen und vorzulesen, Gedichte und Psalmen zu deklamieren verstand. Vielleicht sogar auf Französisch, einer Sprache, die Madam liebte, obwohl sie selbst sie nur äußerst unzulänglich beherrschte. Sogar eine, die sich auf den Umgang mit dem Cembalo verstand, das ungenutzt im Salon verstaubt war.

Doch sie hatte sich für Theda entschieden, die wenig von den feinen Künsten, aber einen Haushalt zu führen und auf dem Markt zu handeln verstand und auch sonst keine Arbeit scheute. So war Theda von der Ehefrau und jungen Witwe wieder zur Dienstbotin geworden, von der jungen Madam zur Mamsell, trotzdem war auch das ein Glück gewesen.

Ja, Theda war eine durch und durch vernünftige Frau. Nur hin und wieder unterliefen ihr kleine Leichtfertigkeiten, wie im Sommer der Kauf dieser fünf so wunderbar polierten Hornknöpfe. Sie sahen fast wie Schildpatt aus. Oder Unbeherrschtheiten, wie diese irritierenden Tränen am Ende des rührseligen Romans, den Madam Zoller ihr überlassen hatte.

Einmal in ihrem nun schon drei Jahrzehnte währenden Leben war sie sogar sehr unvernünftig gewesen. Ihr Herz war damals schwach geworden, und es hatte sich nicht ausgezahlt (mit diesem Wort hätte Friedrich es benannt). Es war nur ein Sommersturm gewesen, ein törichter, wunderbarer Sommersturm. Dann hatte Simon angeheuert, sein Schiff war verschollen, untergegangen oder von den Barbaresken aufgebracht. Das hieß es von vielen Schiffen, und kehrten nicht trotzdem einige zurück? So hatte sie gewartet, Jahr um Jahr. Auch das war natürlich töricht gewesen. Es war lange her.

Der Einfall, der sie vergangene Nacht nicht hatte schlafen

lassen, war verwegen. Womöglich flackerte unter aller Vernunft noch eines dieser tückischen Flämmchen, die ein geordnetes sittsames Leben unversehens schlingern lassen.

Theda war trotzdem an diesem Morgen des 18. Dezember anno 1773 mitsamt ihrem Gepäck in den Hausflur hinausgetreten, um sich auf den Weg zur Kutsche zu machen, die Stadt zu verlassen und sich in ihre Zukunft zu fügen.

Die Tür hatte sich nur widerwillig zuziehen lassen, auch der Schlüssel hatte sich schwerer als gewöhnlich im Schloss gedreht. Sie hatte prüfend die Klinke heruntergedrückt, dann hatte sie den Schlüssel dem Mann gereicht, der wartend neben ihr stand und von nun an über die Wohnungen des Hauses wachte.

«Tut mir wirklich leid.» Der Hauswart hatte die Fäuste mitsamt dem Schlüssel in die ausgebeulten Rocktaschen geschoben. «So kurz vor Weihnachten. Wenn's nach Madam Zoller gegangen wäre – aber ihr Ältester war schon immer ein ruppiger Kerl. Soll ich wirklich keinen Träger rufen? Bis zur Hohen Brücke – das ist kein Katzensprung, und die Taschen sind viel zu schwer für so 'ne zarte Person. Dazu ohne Handschuhe», er hatte missbilligend schnalzend die Lippen gespitzt, «so 'n Muff mit Kaninchenfell ist hübsch, aber nur für Damen, die ihre Hände nicht gebrauchen. Na denn, geht mich ja nichts an, Mamsellchen. Gut, dass Ihr Euer Daunenbett dabeihabt. Im Dezember in der Kutsche bis Ostfriesland – das wird ungemütlich, wahrhaft ungemütlich.»

An seine Hutkrempe tippend, war er die Treppe hinuntergestapft, die Schultern hochgezogen, als schütze er sich schon vor dem vom Fleet herüberwehenden Dezemberwind. Unwillkürlich hatte auch Theda die Schultern gehoben, als sie seinen Schritten nachlauschte, und sich verboten zu seufzen. Dabei hätte sie sehr gerne geseufzt, sie hätte allen Grund dazu gehabt, genau betrachtet sogar für eine ganze Reihe von Seufzern.

Die größte Angst vor der Rückkehr hatte sie erst in der vergangenen Nacht gespürt, zum ersten Mal einen Anflug von Verzweiflung, weil es ihr in der kurzen Spanne Zeit nicht gelungen war, ein neues Leben zu finden. Ein neues Leben. Das hörte sich groß an, für eine einfache Person wie Theda Harling geradezu pompös. Tatsächlich bedeutete es nur eine neue Anstellung, wahrscheinlich eine erheblich weniger angenehme als die bei Madam Zoller. Aber es wäre der Ausweg.

Entschlossen hatte sie den Mantelumhang zurückgeschlagen, ein Abschiedsgeschenk ihrer großzügigen Dienstherrin, für das sie zutiefst dankbar war. Er war nur wenig getragen, aus dem soliden, warm gefütterten Tuch stieg leichter Bergamottgeruch auf. Theda hoffte, der Duft werde sie noch lange an Madam Zoller erinnern. Sie hatte sich das große, aber leichtere ihrer Gepäckstücke auf den Rücken gebunden, Daunenbett und Kissen zusammengerollt in einem Umschlagtuch aus weicher Wolle. Das war groß genug, auch als Decke zu dienen. Dann hatte sie mit der Rechten das in einem verknoteten Leintuch verstaute Bündel gegriffen, mit der Linken die alte Reisetasche, die Friedrich gehört hatte, und begonnen, behutsam die Stufen hinunterzusteigen.

Madam Zoller hatte nie darauf bestanden, dass ihre Gesellschafterin und Mamsell die so schmale wie düstere Stiege vom

Hintereingang benutzte. Die Treppe im Vorderhaus war breit und licht. Wie etliche der schönen vier oder fünf Etagen hohen Bürgerhäuser hier in der Großen Reichenstraße war auch dieses erst gut drei Jahrzehnte alt. Da gab es kein krummes Fachwerk mehr, kein löchriges Dach, dafür helle Räume mit ebenen Fußböden, gut schließende Fenster und Türen, solide Kachelöfen. Madam Zoller hatte nur die Beletage bewohnt, aber das Haus gehörte ihr, genauer gesagt: Es hatte ihr gehört.

Theda sah die Postkutsche davonrollen und machte sich auf den Weg zur Mattentwiete. Vielleicht war das Haus der Grund, warum der junge Zoller von heute auf morgen seine Mutter bei sich in Antwerpen haben wollte, überlegte sie. Dieser Anfall von Sohnesliebe und Fürsorge! Erst war ein Brief gekommen, gleich darauf er selbst, einen Käufer für das Haus hatte er parat, so war rasch gegangen, was gewöhnlich etliche Wochen in Anspruch nahm. Das Haus war ruck, zuck verkauft, einige kostbarere Teile von Hausrat und Möbeln nach Antwerpen expediert, der größere Rest stand zur Auktion bereit. Madam Zoller hatte reisefertig dagestanden, schwankend zwischen dem Kummer des Abschieds von der Stadt, in der sie ihr ganzes Leben verbracht hatte und ihre alten Freunde zurückließ, und dem Glück, von der Familie ihres Sohnes aufgenommen zu werden, endlich den Enkeln nah zu sein. Das Haus in allerbester Lage hatte einen grandiosen Preis erzielt, Wohnraum jeder Art war knapp in der übervölkerten Stadt. Gut möglich, Zoller sehnte sich weniger nach der Nähe seiner alten Mutter als vielmehr nach deren Besitz.

Madam Zoller hatte ihre vertraute Mamsell mitnehmen wollen, aber ihr Sohn hatte verkündet, Dienstboten gebe es in seinem Haus schon jetzt mehr als genug, die Mamsell habe ihren Lohn für das nächste Quartal erhalten, sie finde leicht einen Platz in einem anderen reputierlichen Haus.

Theda hätte sich lieber die Zunge abgebissen, als zu erklären, dass sie mit ihrem letzten Lohn die letzten Schulden getilgt hatte, die ihr aus Friedrichs Teehandel geblieben waren. Madam Zoller hatte mit bedauerndem Nicken Thedas Hand gestreichelt. Nun bestimmte ihr Sohn über ihr Leben wie früher ihr Ehemann, so lief die Welt. Als brave alte Dame und gute Mutter würde sie ihm als Oberhaupt der Familie kaum widersprechen. Sie liebte ihn, und er war die Sicherheit ihres Alters.

Zollers Entscheidung, noch vor Weihnachten auf die Reise zu gehen, hatte Theda (und auch ihre Dienstherrin) überraschend getroffen. Es war doch viel zu weit bis Antwerpen, wo Zoller als Hamburger Handelsagent mit seiner flämischen Frau und vier Kindern lebte, besonders im Winter und für eine alte Dame von fünfundsechzig Jahren. Es wäre nur vernünftig, bedeutend angenehmer und ungefährlicher gewesen, im Sommer mit dem Schiff zu reisen. Aber die junge Madam Zoller war wieder guter Hoffnung und wünschte sich den Beistand ihrer Schwiegermutter. Nun ging die Reise mit der Kutsche zunächst bis Bremen, wo Madams Tochter mit ihrer Familie lebte, dort wollten sie das Christfest verbringen und dann weiterreisen. Die bedauernswerte Madam. Es war fraglich, ob sie all die Aufregung und die Strapazen heil überstehen würde. Sicher nicht, und dann …

Theda blieb stehen und schüttelte den Kopf. All das ging sie nichts mehr an, sie hatte nach der Abreise der Zollers, wie es ihre Pflicht gewesen war, die große Wohnung geputzt, bis sich kein Stäubchen mehr fand, und die zu versteigernden Möbel mit Honigwachs und Kiefernöl eingerieben und poliert. Auch die zurückbleibenden Schränke in der Diele und der Schlafkammer hatten mit den reichen Schnitzereien viel Arbeit bedeutet. Der warme Glanz des dunklen Holzes hatte Theda belohnt, sie hoffte, die neuen Bewohner, die diese Stücke des wertvollen Mobiliars übernahmen, wussten deren Schönheit und Würde zu schätzen.

Es hieß, der neue Mieter sei ein Professor aus Göttingen und schon in der Stadt, Gepäck, Hausrat und etliche Bücherkisten wurden heute erwartet. Noch so ein seltsamer Mensch, der kurz vorm Christfest von einer Stadt in die andere zog. In die Fremde.

Einerlei, sie hatte sich nur noch um sich selbst zu kümmern, eigentlich hätte sie in die Kutsche steigen müssen. Oder nicht?

Theda verharrte einen Moment und ließ die Menschen vorüberziehen, die schlendernden Damen, die eiligen Kontorboten und Köchinnen, die Herren auf ihrem Weg zum Kaffeehaus, zum Commerzium oder zu ihren Speichern, auch die Bettler.

Sie ging weiter, eilig, als laufe sie vor ihren eigenen Gedanken und Wünschen davon, denn sie war ja eine vernünftige Person.

Sie hatte auf das «oder nicht» gehört. Sie war nicht eingestiegen. Sie hatte es gewagt. Diese wenigen Tage gehörten ihr. Ihr allein, niemandem sonst. Erst danach würde es unwiderruflich Zeit sein, in die Postkutsche zu steigen und durch das winteröde kalte Land weit und immer weiter nach Westen zu fahren. Das

Land dort war schön, sie hatte es immer geliebt, den hohen Himmel, die mit dem Wind rasch ziehenden Wolkenschiffe, den ganz eigenen Zauber der Moore im Sommer, sogar die Nebel und die schaurigen Rufe der Krähen im Herbst. Aber das Leben, das sie dort erwartete?

Kein Grund zu jammern. Es war, wie es war. Andere Frauen landeten in der Gosse, auf sie wartete – nun, immerhin ein schützendes Dach. Eine Aufgabe. Sie hatte andere Wege und Aufgaben gesucht und keine gefunden, jedenfalls keine auch nur halbwegs ehrbaren. Da blieb nichts, als aufzugeben und zurückzukehren.

Aufgeben. Zurück. Sie hasste diese Worte.

Ein drittes fiel ihr ein: Galgenfrist. Ein furchtbares Wort, heute jedoch stand es für einige Tage in Freiheit und für die Hoffnung auf einen Ausweg. Leider glaubte Theda nicht an Wunder. Andererseits – waren die Tage um Weihnachten nicht die Zeit der Wunder? Sie brauchte nur ein ganz kleines, ein sozusagen alltägliches Wunder.

Begänne jetzt irgendwo eine Glocke zu läuten, gar das Glockenspiel von St. Petri, das liebte sie besonders, dann …

«Aus dem Weg, blödes Weib», brüllte da eine alles andere als glockenhelle Stimme, «verdammt, pass doch auf!»

Erschreckt stolperte Theda einen Schritt zurück, und schon zog ein unwirsch schnaubendes Maultier keine drei Handbreit vor ihrer Nase einen mit Kisten, Körben, prallgefüllten Säcken und allerlei kleinem Mobiliar beladenen Karren vorbei. Obenauf thronte ein dicker, grimmig auf sie herabblickender Mann, die Zügel fest im Griff. Hinten auf dem gefährlich schaukelnden Gefährt hockte ein Mädchen, um die Schultern einen wollenen Umhang, das dunkelbraune Haar mit einer Fülle winziger Blüten und Kügelchen aus Flitter und bunten Stoffresten geschmückt. Die Arme fest um einen Korb auf ihrem Schoß geschlungen, richtete auch sie ihren Blick wachsam, neugierig gar, auf die dumme Person, die sich auf der belebten Straße benahm, als wandere sie mit all ihrem Gepäck in einem idyllischen Garten herum.

Thedas Herzschlag machte einen stolpernden Satz, und endlich nahm sie die Straße wieder wahr. Sie sah die Fuhrwerke und Karren, Lasten schleppende Männer und Frauen, Kinder auch, es herrschte dichtes Gedränge, dichter als sonst. Alle schienen in dieselbe Richtung unterwegs zu sein, nach Osten, und plötzlich begriff sie. Alle wollten zur Brücke über das Reichenstraßenfleet und weiter über den Fischmarkt zur alten Domkirche. Dort hatte gestern der Weihnachtsmarkt begonnen, etliche der Händler boten erst von heute an ihre Waren feil. Zöge sie als eine der Möwen ihre Kreise hoch über den Dächern und Türmen, den Straßen und Fleeten, könnte sie sehen, wie aus allen Teilen der Stadt Wagen und bepackte Menschen kamen, Handwerker, Händler, Zuckerbäcker oder Suppenköche, die Punschwirte nicht zu vergessen.

Noch sieben Tage bis zum Heiligen Abend, bis dahin wurde die Domkirche zum Jahrmarkt, zum Kaufhaus, zur Stätte von Lärm und Trubel. Vor sehr langer Zeit war sie das Herz der Stadt gewesen, jetzt eine von den Bürgern ungeliebte hannöversche Enklave ohne Gemeinde, nur in den letzten Tagen der Adventszeit drängten sich unter dem hohen Gewölbe wieder Jung und Alt, Arm und Reich. In ihren beiden gemeinsamen Jahren war

Theda mit Friedrich dort gewesen. Später hatte sie Madam Zoller begleitet und vor allem achtgeben müssen, dass die sich weder vom herzerweichenden Jammer der Bettelkinder noch von den geschickten Fingern der Taschendiebe ausräubern ließ.

Madam war vergnügt gewesen, hatte von ihrer glücklichen Kinderzeit erzählt, eingekauft und Theda großzügig beschenkt, sie hatten gelacht und sich ein Schlückchen Zimtpunsch erlaubt.

Und nun?

Theda wischte energisch mit dem Ärmel über die Augen und bemühte sich um einen strengen Blick. Wenn man streng blickte und die Lippen schmal werden ließ, wurde auch die Seele kühl. Das wusste sie aus langer Erfahrung, und was auf ihre kleine Galgenfrist folgte, brauchte eine kühle Seele. Besser noch ein kaltes Herz. Es war nur klug, sich gleich darin zu üben.

Ein ernsthafter Christenmensch musste dieser Tage beim Anblick des Doms an den zornigen Jesus denken, der die Händler aus dem Tempel vertrieb. Auch in anderen Kirchen der Stadt gab es Verkaufsstände, doch nur wenige und zuvörderst von Buchhändlern. Wer nicht allzu genau hinsah, konnte sich damit trösten, dass Bibeln, der Große und der Kleine Katechismus allerorten unters Volk gebracht werden mussten, ebenso die für das Seelenheil und die Erbauung ihrer Pfarrkinder gedruckten Predigten etlicher Pastoren. Überhaupt war die Zahl alter und neuer

Werke, die sich mit der Religion in Theorie und Praxis befassten, riesengroß und genau passend zur Auslage unter Kirchendächern.

Etwas ganz anderes geschah schon sehr lange, wohl bald zwei Jahrhunderte, in der Domkirche. Zuerst in den nicht mehr gebrauchten Kreuzgängen, dann auch in einigen Nebengebäuden, endlich in den Seitenschiffen des Doms breiteten sich Händler aus. Der absolute Höhepunkt dieses Treibens fand in den acht Tagen vor Weihnachten statt. Dann wurde das Domareal zum lärmenden Markt für allerlei Galanteriewaren, Brüsseler Spitzen oder Samtmieder, für Bijouterie und glitzernden Tand jeder Art, auch Trödelkram, Lebkuchen oder Puppen und Steckenpferdchen, Zinnsoldaten, Wachslichter oder Krippenfiguren und Scherenschnitte, Zuckerwerk, Marzipan, Kleider, Stoffe, Schuhwerk, Lederwaren – es gab Stände und Buden für alles, was sich an Schönem und Delikatem verkaufen, was sich insbesondere zum Christfest verschenken ließ. In keiner der anderen Kirchen wäre das möglich gewesen, aber der Dom war anders und letztlich ein Fremdling.

Schon seit mehr als 900 Jahren kein Bischofssitz mehr und im Lauf der Jahrhunderte Eigentum verschiedener auswärtiger Herrscher, war die Domkirche nun ein Menschenleben lang hannöversche Enklave im Herzen der Hansestadt. Es gab nur noch einen Pastor, wöchentlich wurden karge zwei Gottesdienste gefeiert, den allergrößten Teil des Jahres blieb die fünfschiffige Hallenkirche leer.

Für den Weihnachtsmarkt wurde sie erst nach dem Mittagsläuten für das Publikum geöffnet. Den Händlern war es recht, so blieb der Vormittag, neue Ware heranzuschaffen, zu schauen, was die Konkurrenz bot und zu welchen Preisen, um zu plaudern und Neuigkeiten auszutauschen. Wie jeder Markt und jede Messe bot auch dieser gute Gelegenheit, sich für den eigenen Nachwuchs unter anderen heiratsfähigen Söhnen oder Töchtern umzusehen, zu beobachten, wer kräftig anzufassen verstand oder geschickt zu handeln, wer welchen Charakter zeigte. Ganze acht Tage konnte sich niemand um einer guten Partie willen verstellen.

Davon war Anton Schaffer fest überzeugt. Es würde ihm schrecklich schwerfallen, seine Tochter ziehen zu lassen, sie war sein einziges Kind, führte seinen Haushalt fast so gut wie einst ihre Mutter, schleppte jede Kiste, schlug, wenn es nottat, in Keller und Schuppen Ratten tot, verstand sich auf das Kochen dicker Suppen und köstlicher Braten. Auch die Versorgung des Maultiers ging ihr leicht von der Hand, obwohl das nicht zu ihren Aufgaben gehörte. Mit dem Stricken haperte es ein wenig, auch mit der Sparsamkeit – das würde schon noch werden.

Elsi war nun siebzehn Jahre alt, bildhübsch (es gab Idioten, die das übersahen) und verdammt keck, neuerdings war etwas in ihrem Blick, das ihn beunruhigte. Etwas, an das er sich aus seinen jungen Jahren gut erinnerte. Da hatte er Mädchen mit solchen Augen gekannt, keine von denen war in einem guten Hafen gelandet. Er sollte sich wohl beeilen, bevor Elsi Dummheiten machte und nicht mehr als braves Weib an den besten Mann zu bringen war.

«Du träumst, Vater. Dazu ist jetzt keine Zeit. Steh nicht im

Weg rum, sondern fass mit an.» Mit energischem Ruck schob seine Tochter eine kleine Kommode gegen seinen ausladenden Bauch und sah ihn auffordernd an, in ihrer rechten Wange erschien ein Grübchen. «Oder soll ich den adretten Dragoner da drüben fragen? Der hilft mir sicher gern.»

Elsi kannte ihren Vater gut, sie liebte ihn nicht immer, das zu behaupten wäre übertrieben, aber sie hätte es schlechter treffen können. Leider wurde er in der letzten Zeit zum Wachhund, was äußerst lästig war.

«Nein», rief sie, als Schaffer die Kommode auf eine andere, größere wuchten wollte. «Nein, Vater, da oben sieht doch keiner, was in den Schubladen ist. Die wollen wir doch offen lassen – hast du das vergessen? – und in den oberen die englischen Shawls und die beiden Puppen ausstellen.»

Als die Kommode den richtigen Platz bekommen hatte, nämlich als Begrenzung des Stands nahe bei einem der Fenster, nickte sie zufrieden. Anton Schaffers Gewerbe war der Trödel, allerdings zog er die Bezeichnung «Kleinhandel» vor. Er kaufte und verkaufte alles, was ihm in die Finger kam und mindestens ein paar Pfennige Profit versprach, was auf seinen Karren passte und kein Geschäft der zünftigen Gewerbe störte. Nicht, dass Schaffer ein Mann von übertriebener Honorigkeit gewesen wäre, wie jeder andere musste er sehen, seine Schäfchen ins Trockene zu bringen, aber er wusste, wie man sich Ärger einhandelte und wie man ihn vermied. So stand er im Ruf eines beinahe ehrlichen Mannes.

Die nach Norden an den Kirchturm gebaute, ursprünglich

der heiligen Anna geweihte zweischiffige Predigthalle mit fünf hohen Säulen und einem einst prächtigen Sternengewölbe schloss ehemals den Kreuzgang ab, nun war sie schon lange als überflüssiger Raum den Tischlern überlassen. Die stellten dort ihre Möbel aus, Bettstellen, Tische und Stühle, Kommoden und die wuchtigen Schränke, was der einstigen großzügig bemessenen Kapelle die Bezeichnung Schappendom eingebracht hatte – die Niederdeutschen nannten einen Schrank nun mal Schapp. Für den Weihnachtsmarkt mussten die Tischler zur Seite rücken, um für all die anderen Händler Platz zu machen, was stets mit so viel Aufwand wie Schimpferei verbunden war, aber ebenso zu den Bräuchen gehörte wie das Rummelpottlaufen der Kinder.

Schaffer hatte gemault, als er feststellte, dass seine Tochter für einen anderen Standplatz als in den vergangenen Jahren gesorgt hatte. Das war nur mit einem deftigen Obolus für den Kirchendiener gegangen, und ihm hatte der Platz im hinteren Kirchenschiff besser gefallen. Natürlich war es dort ziemlich dunkel, und Kunden, denen seine Laternen nicht reichten, bestanden darauf, die Ware im Tageslicht vor der Kirchentür oder im Hof zu begutachten. Das war lästig, wenn man zugleich ein Auge auf die Taschendiebe haben musste, die ja nicht nur aus Taschen stibitzten, sondern ebenso flink im Vorbeigehen von den Ständen.

Schaffer hatte schon manchen erwischt und ihm auf die Finger oder eins hinter die Ohren gehauen. Er regelte seine Angelegenheiten am liebsten selbst. Die Kerle – Weiber und Kinder schnappte er selten, die waren zu geschickt und schnell – an die durch den Trubel patrouillierenden Stadtsoldaten zu übergeben ging ihm gegen die Ehre. Außerdem kam er denen selbst nicht gern zu nahe.

So oder so, ein bisschen Schummerigkeit war in seinem Gewerbe von Vorteil, wozu also brauchte Elsi plötzlich so viel Licht? Wo viel Licht war, war viel Schatten, hieß es, aber das war falsch. Wo viel Licht war, konnte die Kundschaft die Waren genau sehen, da wurde manches Stück Silber wieder zu Zinn und manche Perle wieder zu mattem Glas. Nichts lag ihm ferner, als zu betrügen – ein gemeines Wort! –, aber ein bisschen Risiko, ein bisschen Spiel gehörte doch immer dazu.

Ein unbehaglicher Gedanke regte sich in seinem Kopf. Er sah seine Tochter genauer an, was er selten tat, und bemerkte eine Veränderung. Ihr Haar erinnerte wie gewöhnlich an das Nest eines besoffenen Vogels und war wieder reich und bunt garniert, aber ihre Hände und Fingernägel waren trotz der Arbeit besonders sauber, und sie trug dieses züchtige graue Kleid, das sie sonst nur zum Kirchgang aus der Truhe holte. Sie sah enorm manierlich aus. Warum machte sie das? In so einem Kleid verkaufte man Gebetbücher, aber keinen Trödel und galanten Kram. Womöglich machte er sich die falschen Sorgen um sein Kind, womöglich spukten keine Kerle und unzüchtigen Gedanken in ihrem Kopf herum, sondern neue, äußerst nachteilige Handelsusancen.

«Na?» Elsi blickte ihren Vater erwartungsvoll an. «Sag doch was. Warum guckst du so erschreckt? Dieser Platz ist viel besser, er ist größer und hat mehr Licht. Kerzen und Öllampe brauchen wir erst zu Sonnenuntergang, das spart eine Menge Geld. Außerdem», sie zeigte nach oben, «sind wir hier gut bewacht.»

Schaffer folgte ihrem Blick und schnaufte. Auf einem Sockel an der Säule direkt oberhalb ihres Regals mit alten Büchern und allerlei Schüsseln, Tassen und Gläsern war eine steinerne Madonna angebracht, ein wirklich hübsches Ding. Sie war ihm nie zuvor aufgefallen, er blickte lieber auf seinen Weg als zum Himmel.

Es gab in den Kirchen der Stadt eine ganze Reihe von Madonnen; wenn sie auch nicht mehr wie in katholischer Zeit angebetet wurden wie der Herrgott selbst, galt ihnen doch manch frommer Hilferuf. Ob aus Farbe, Holz oder Stein, zeigten ihre Gesichter und Gestalten zumeist die Würde oder die Tragik Marias und ihres Sohnes – diese war anders. Nur vier Handlängen hoch, die goldenen Kräusellocken unter der Krone ringelten sich weit über die Schultern herab, ein helles goldgesäumtes und blau gefüttertes Gewand, das liebliche Jesuskind auf dem Arm im roten Hemd, Blumen in der Hand, all das war nicht ungewöhnlich. Marias Pummeligkeit hingegen, ihr kleiner Kirschmund und die gesenkten Lider, die Stille des Ausdrucks – all das ließ sie wie eine Nachbarin erscheinen, die sich selbstgewiss ein Schläfchen gönnt. Schaffer machte sich nichts aus Heiligen, aber die Mutter des Herrn Jesus persönlich, dazu in der ihr geweihten Kirche und kurz vor Weihnachten, das war etwas anderes, und just diese erreichte sein Herz. Was machte sie nur so allein da oben auf dem Sockel an der Säule? Ihr gebührte ein ehrenvollerer Platz auf einem der Altäre.

«Amen», murmelte er, weil das in einem solchen Fall nie falsch sein konnte, und behielt für sich, dass ihn das lächerliche Gefühl bedrängte, die heilige Frau wolle ihn weniger schützen als einem alten Sünder bei seinen Geschäften auf die Finger sehen. Wirklich lächerlich, letztlich war sie nur ein Stück Sandstein mit ein bisschen verblassender Farbe.

Noch einmal blickte er nach oben – da schob sich die Vormittagssonne durch die Wolken und schickte einen Lichtstrahl durch das Fenster in die Halle, vergoldete den tanzenden Staub, und die Madonna … tatsächlich! Wäre Schaffer nicht völlig unberührt von Gespensterglauben und Wunderlegenden, hätte er geschworen, die staubige kleine Dame dort oben auf ihrem einsamen Platz habe für einen Moment die Augen geöffnet und ihm zugezwinkert.

Er brauchte dringend einen Schluck Branntwein.

Den gab es nicht im Dom, ein wenig der alten Würde musste geachtet werden, aber draußen im Hof gab es Punsch. Wenn er Glück hatte, brannten die Feuer unter den Kesseln schon.

Elsi sah ihrem Vater nur flüchtig nach, als er sich durch die Menge der Marktleute und die noch herumstehenden Kisten und Körbe, Säcke, Kästen und Truhen schob. So bemerkte sie nicht, dass er, der alle kannte und gewöhnlich hier ein Wort wechselte, dort einen Scherz oder eine kleine Frechheit hinüberrief, auf eine Schulter, auch mal auf einen unter dicken Winterröcken wohlgerundeten Hintern klopfte, schnurstracks, ohne nach links und rechts zu schauen, in den Hof hinauslief.

Sie beugte sich über die Körbe und fuhr fort, ihren Trödel möglichst einladend aufzubauen, in der obersten Kommodenschublade auch die englischen Shawls und die Puppen zu drapieren, die einen wie die anderen eine echte Okkasion beim Steuermann eines Dreimasters aus Plymouth. Sie polierte die nach ziemlich echtem Silber aussehende Zuckerdose, wischte den Staub von Büchern, Geschirr und anderem Kram, rückte alles anmutig zurecht, den Porzellanengel – ihm fehlte nur jeweils ein winziges Stück seiner Nase und des rechten Flügels – genau in die Mitte neben das bronzene Handglöckchen. Endlich betrachtete sie zufrieden ihr Werk. Es sah nicht nach einem Laden aus, in dem sich die Damen der Ratsherren und Großkaufleute bedienen ließen, aber wer sich an das Gerümpel und Durcheinander am Schaffer'schen Stand beim letzten Weihnachtsmarkt erinnerte, würde ihn kaum wiedererkennen.

Sie zog ihr Brusttuch zurecht, anders als anzunehmen in eine höchst sittsame Position, prüfte mit raschem Griff einige der winzigen bunten Blüten in ihrem Haar und schlang das dicke Wolltuch akkurater um die Schultern. Sie hätte es gerne abgelegt, es war schäbig, unübersehbar ausgebessert und kleidete sie überhaupt nicht, aber wenn der bisher gnädige Winter dieser Tage auch keinen Frost gebracht hatte, war es doch furchtbar kalt im Dom. Später, wenn die Türen geschlossen und die Gänge zwischen den Ständen voller Menschen waren, wenn überall Kerzen und Laternen brannten, würde es wärmer werden.

Elsie begann, leise, aber nicht zu leise vor sich hin zu trällern. Sie hob einen Tannen- und einen Stechpalmenzweig aus einem Korb, beides rare Gewächse in dieser Region, und legte sie mit einer Wildrosenranke voller roter Hagebutten gut sichtbar an die Tischkante. Aus einer mit marmoriertem Papier beklebten Schachtel, wie sie in guten Konditoreien zur Verpackung der teureren Sorten Konfekt benutzt wurden, nahm sie rote und blaue Seidenbänder und den aus fast neuem Golddraht gefertigten Stern und drapierte sie genau so auf den Zweigen, wie sie es in der Auslage des Juweliers am Jungfernstieg gesehen hatte.

Es sah wunderbar aus, feierlich und vornehm. Und einladend. Triumphierend drehte sie sich zu der ihrem Stand genau gegenüberstehenden Bude um. Sie hatte sich sehr bemüht, den Platz daneben zu ergattern, da war nichts zu machen gewesen. Wenn sie es nun besah und recht bedachte, war es so viel besser. Meistens blicken die Menschen doch geradeaus, nicht zur Seite. Außerdem war der Stand, der sie so brennend interessierte, in einer gezimmerten Bude untergebracht, was links und rechts geschah, sah man von dort nicht.

Auf dem Verkaufstisch standen akkurat aufgereiht niedrige Kästen voller Tüten in verschiedener Größe, alle gut leserlich beschriftet. Neben einer kleinen Waage wartete das Behältnis für die Gewichte und Messlöffel, zumeist für kleinere Mengen. Nicht gerade wie in der Apotheke, aber beinahe, jedenfalls feinere als beim Metzger oder Grünhöker. An der Rückwand der Bude waren Regale für ganze Reihen von Holzkästen aufgebaut, auch ein Schrank mit flachen Schubladen war vom Garten beim Gänsemarkt hertransportiert worden, unter dem Tisch warteten Vorräte in etlichen Körben.

Ein Mann und ein Junge waren am Tisch damit beschäftigt, ihre Ware abzuwiegen und in weitere Tüten zu füllen. Der Junge wog, der Mann notierte auf den Tüten den Inhalt. Den Jungen kannte Elsi nicht, sie wäre jetzt gerne an seiner Stelle gewesen.

Der Mann, übrigens ein noch sehr junger Mann, sicher kaum über zwanzig Jahre, obwohl seine Augen, seine ganze Miene die eines älteren Menschen zu sein schienen, war der Samenhändler von den Malthus'schen Gärten. Es gab viele Gärtner vor den Toren der für ihre reichen Gartenanlagen berühmten Stadt. Malthus war der bedeutendste, seine Geschäfte gingen bis nach England und Frankreich, nach Preußen sowieso. Ihm gehörte auch der große Garten zwischen Binnenalster und Gänsemarkt, der letzte mitten in der Stadt; es stand jedem offen, darin herumzugehen und die Vielfalt der Bäume und Büsche, Blumen und Stauden wie in einer Ausstellung zu beschauen. Und zu kaufen, das natürlich auch. Der Garten war ein Labsal für Augen und Seele und weithin berühmt, fremde Reisende versäumten selten einen Besuch, egal zu welcher Jahreszeit.

Dort wurden auch Samen für Blumen und Gemüse verkauft, wenn sie bis in den frühen Winter hinein endlich geerntet, gesammelt und getrocknet worden waren. Darüber hatte Elias Malthus lange selbst gewacht, bis er zum allgemeinen Erstaunen den jungen Anders Gödeke für diese Arbeiten anstellte. Es wurde weniger gestaunt, dass er sich keinen erfahrenen Gärtner gesucht hatte, etliche wären dankbar, die harte Arbeit bei Wind und Wetter mit der leichteren im Samenhandel zu tauschen, und einige, vielleicht sogar die meisten, konnten auch das Nötige lesen und schreiben. Aber Malthus hatte diesen jungen Mann angestellt, der Bauer gewesen war, bis die große Flut vor zweieinhalb Jahren sein Land geraubt und der vergebliche Kampf um die Rettung des Landes ihn den linken Arm gekostet hatte.

Wenn auch jeder in der Stadt und in den südöstlich liegenden Vier- und Marschlanden die Geschichte gehört hatte, hatten die meisten sie schon vergessen. Elsi hatte sie erst in diesem Herbst erfahren, besser gesagt: erfragt. Anders war ein Bauer ohne Land, ein Mann mit nur einem Arm, Malthus hielt große Stücke auf ihn. Was wusste sie noch? Er war über die Maßen ernsthaft und blieb meistens für sich, er sprach wenig, nur wenn es um seine Sämereien ging, konnte er wahrhaft beredt werden. Besonders die große Zahl der Gemüsesorten liebte er, darüber wusste er viel mehr, als man von einem jungen Bauern annehmen konnte. Vor allem aber hatte er die schönsten Augen, die Elsi je gesehen hatte. Ach, die schönsten und die traurigsten.

«Na, Mädchen, guckst du dir unsern Einarmigen an?»

Elsi spürte einen unsanften, aber freundschaftlichen Stoß mit dem Ellbogen in ihrer Seite. Mieke, die Buchbinderin vom Stand am Durchgang zum Hauptschiff, gleich neben dem Mann, der Zahnpulver und Augentropfen verkaufte und auch Scherenschnittporträts fertigte, machte sich nicht die Mühe, die Stimme zu senken. Weil aber in diesem Moment drei Posaunenbläser mit dem schönen alten Adventslied «Macht hoch die Tür, die Tor macht weit» begannen, hörte sie niemand als Elsi.

«Es ist eine Schande, so 'n hübscher Junge, kräftig auch und schlau, jedenfalls nach allem, was man hört. Wer hätte das von so einem gedacht? Der liest jetzt dicke Bücher über Gemüse und Anbau und solche Sachen. Eines habe ich selbst für Malthus gebunden. War gar nicht dumm, den Anders einzustellen, gar nicht dumm. Der muss dem Malthus ja ewig dankbar sein. Leicht wird ’s Leben für ihn trotzdem nicht. Jetzt hat er Arbeit, aber wer weiß, ob er die morgen noch hat. Sogar zum Wägen braucht er Hilfe, oder?» Sie schüttelte bedauernd den Kopf. «Vor allem braucht so einer ’ne tüchtige Frau, sonst geht’s bald bergab. Aber welche Frau, die nur halb bei Sinnen ist, nimmt einen mit nur einem Arm, wenn er dafür nicht säckeweise Gold im Speicher hat? So, ich muss weiter. Hübsch, euer Stand in diesem Jahr, Elsi, wirklich hübsch. Pass bloß auf den Engel auf, wenn der runterfällt, zerspringt er in tausend Stücke. Wär’ ein ganz schlechtes Omen.»

Sie tätschelte Elsis Wange und schob sich weiter durch das Gerümpel, das immer noch den Gang eng machte. Zum Glück hatte sie nicht gesehen, dass Elsi bis tief in ihr ungewohnt züchtiges Dekolleté errötet war. Niemand hatte es gesehen, auch Anders nicht, der nur drei Schritte weit entfernt den Kopf über seine Listen und Tüten beugte. Drei Schritte? Meilenweit.

Sie musste endlich diese lächerliche Schüchternheit, die sonst ganz und gar nicht ihre Art war, abschütteln. Schließlich war er nur ein Bauer ohne Land, dazu ein Krüppel, so versuchte sie wenigstens in Gedanken grob zu sein. Es nützte nichts.

Sicher fand er sie hässlich und viel zu dünn, und sicher hatte er gehört, was über sie geredet wurde, dummerweise zu Recht geredet wurde, obwohl sie längst beschlossen hatte, sich zu bessern. Warum auch immer, er sah sie einfach nicht.

Hätte sie jetzt noch einmal zurückgesehen, hätte sie erkannt, dass sie sich – womöglich – irrte.

Als Theda alle Zimmer inspiziert hatte, fast verstohlen, mit sehr leisen Schritten, legte sie noch ein Stück Torf auf das Küchenfeuer und betrachtete die kleinen Flammen, die hungrig daran hochzüngelten. Zum ersten Mal, so lange sie zurückdenken konnte, hatte sie keine Pflichten bei den Vorbereitungen des Weihnachtsfestes, bei all dem Backen und Kochen, Nähen, Sticken und Stricken für die kleinen Halbgeschwister. Sie erinnerte sich gut, wie erschöpft sie oft gewesen war, wie die Müdigkeit dieser Tage die Vorfreude auf das Fest der Geburt Christi erstickt hatte. Aber eigentlich – ja, eigentlich waren just diese Wochen sehr schön gewesen.

Und wie schön musste es erst sein, in einer Wohnung auch nur halbwegs wohlhabender Bürger das Fest vorzubereiten. Sie schob den Torf tiefer in die Glut, schnupperte, als dufte es schon nach Zimt und Kardamom, Zitronenschale und Karamell, seufzte wohlig und überlegte.

Das Silber musste zum Weihnachtsfest natürlich besonders gründlich geputzt sein, das gute Geschirr, die guten Gläser – alles blitzblank, das Leinentuch für den Esstisch makellos. Ach, und die Speisen. Am Heiligen Abend nur eine Suppe, Butterbrote, zum Nachtisch Apfelküchlein. Aber dann, am 25. Dezember, nach dem feierlichen Gottesdienst – nie klangen die Orgel und die Stimmen von Chor und Gemeinde fröhlicher – das große Menü, mindestens sechs Gänge, einer unbedingt Karpfen mit Ingwer

und Muskatblume. Am nächsten Tag die Verwandtenbesuche, das musste sein, obwohl alle lieber zu Hause blieben, besonders die Kinder, die mit ihren neuen Schätzen spielen wollten. Und dann?

Sie ging in den Salon, eilig, ohne auf den Klang ihrer Schritte zu achten, und sah sich noch einmal sinnend um.

An Türen und Fenstern rote Bänder und grüne Zweige; das sah feierlich aus, auch ein großer Stern aus gelbem Papier. Der Tisch musste zur Seite gerückt werden, am besten bis an die Wand, damit die darauf aufgebauten Gaben keinen Schaden nahmen oder – schlimmer noch – die brennenden Wachslichter umfielen, wenn die Kinder vor Freude über ihre Geschenke herumhüpften. Am hinteren Rand in der Mitte des Tisches stand natürlich die Weihnachtspyramide. In reichen Häusern sollte es welche geben, die überragten mit sechs oder sieben Fuß Höhe auch das größte Familienmitglied. Sie würde eine ganz normale Pyramide wählen, höchstens drei Fuß hoch und recht schlank. Das Gerüst aus vier Stäben und die Zwischenräume waren mit Tannenzweigen und was sich sonst an Grünem fand bedeckt, alles festlich geschmückt, um den Fuß ein Kreis von roten Äpfeln, Mandeln und Walnüssen.

In einigen waldreichen Gegenden weiter im Süden, so hieß es, holte man neuerdings stattdessen eine extra zu diesem Zwecke geschlagene Tanne ins Haus, steckte Wachslichter auf die Zweige und behängte sie auch mit Zuckerwerk, Äpfeln, Nüssen und weihnachtlichem Schmuck. Das erschien ihr kurios, aber sicher duftete so ein Baum in der Wärme des Zimmers wunderbar.

Je einen Zinnleuchter würde sie in jedes der vorderen Fenster stellen, um die Christfestfreude auch hinaus in die Dunkelheit und zu den Einsamen und Obdachlosen zu schicken. Und zu den geliebten Toten.

Ihr Blick wanderte zurück zum Tisch. Seine Größe war für die Geschenke gerade recht. Für jeden nur eines, für die Kinder wohl doch zwei, ein Spielzeug und dazu etwas Nützliches. Für die Mädchen eine Schürze mit einer Hohlsaumborte und …

Ein furchtbares Poltern ließ Theda zusammenfahren und holte sie aus ihrem Tagtraum zurück in die Realität. Dies war nicht ihre Wohnung, sie hatte keine Familie, erwartete keine Gäste, sie war selbst ein Gast, ein heimlicher und sicher unerwünschter. Wieder lärmte es im Treppenhaus, als kullere etwas Sperriges die Treppe herunter, es landete mit einem letzten Rums direkt vor der Tür, hinter der sie mit angehaltenem Atem lauschte. Nun fluchte jemand, nicht gerade unflätig, aber ziemlich grob.

Behutsam öffnete sie die Tür einen Spalt, womöglich hatte sich jemand verletzt und brauchte Hilfe. Aber die Nachbarin aus dem zweiten Stock, die junge Madam Lindner, stand unversehrt im Flur, wenn auch mit zorniger Miene, und starrte auf überall verstreut liegende Holzstücke hinunter. Ein Weidenkorb lag irgendwo dazwischen, mit nur noch einem Griff.

«Habe ich Euch erschreckt, Mamsell Theda? Der blöde Korb. Der Griff hätte so freundlich sein können, erst oben in der Küche aufzugeben, oder? Immerhin ist der Korb sonst heil geblieben, es könnte also schlimmer sein.» Sie raffte ihre Röcke und begann, das verstreute Feuerholz einzusammeln und wieder in den Korb zu werfen, auch Theda bückte sich, um zu helfen. Aber dann richtete sie sich auf, drehte ein besonders schönes Stück Buchenholz in den Händen, als wäge sie ab, wie heiß und wie lange es brennen werde. «Es ist gut, dass ich Euch treffe, Madam», erklärte sie dann, Hast und Anspannung in der Stimme. «Ich muss …»

«Nennt mich einfach Gesine», unterbrach die Nachbarin und schubste mit dem Fuß die letzten Stücke zusammen. «Das ist einfacher, ich nenne Euch ja auch mit dem Vornamen. Ich weiß nicht mal Euren Familiennamen, wirklich schändlich von mir. Madam Reimann hat nur von Mamsell Theda gesprochen, als sie Euch ankündigte. Sonst haben wir hier unten nach dem Rechten gesehen, wenn die Reimanns verreist waren.»

Theda nickte. «Ich wollte Euch sagen – nur damit Ihr Euch nicht wundert, ja, ich wollte sagen, dass ich einige Tage hier wohnen werde. Ich meine, ich werde nicht nur alle zwei Tage kommen, sondern, ja, ich werde hier wohnen. Nur in der Mädchenkammer. Madam Zoller ist schon abgereist, aber ich soll auf die Wohnung achten, bis die Reimanns zurückkommen. Es war auch kein Platz mehr in der Kutsche. Nach Aurich, meine ich, ich kehre nämlich nach Aurich zurück. Ja, das werde ich. Wenn ich Euch dann den Schlüssel geben dürfte, wenn ich abreise.» Sie verstummte unter dem plötzlich aufmerksamen Blick der Nachbarin, ihr Herz klopfte bis zum Hals. Jetzt war sie ertappt.

«Nun», sagte Gesine Lindner, «das ist Pech für Euch, Glück für die Reimanns. Wenigstens haben sie den besten Kachelofen im Haus, Ihr werdet es warm haben. Heizt nur tüchtig ein. Wenn Ihr etwas braucht oder Euch allein fürchtet, habt keine Scheu, bei uns zu klopfen. Ihr kennt ja den Weg.» Dann hob sie ihren Korb mit einem Schwung auf die rechte Schulter und balancierte ihn rasch, als sei die Last nicht im Mindesten schwer, die Treppe hinauf.

Wieder in der Wohnung, schloss Theda für einen Moment vor Erleichterung die Augen. Das Herzklopfen war völlig überflüssig gewesen. Sie wohnte nun hier, sie bewachte die Wohnung, daran war nichts Besonderes. Niemand, der sich auf Reisen begab, ließ sein Domizil gern unbewacht, selbst wenn es keine Reichtümer barg. Es gab genug Menschen in der Stadt, viel mehr als genug, für die ein Hemd und ein alter Topf Grund genug für einen Einbruch waren.

Anders als die meisten Häuser in der Großen Reichenstraße ließen diese in der Mattentwiete nur wenige wohlhabende Bewohner vermuten. Das verriet schon der Name. Twiete bedeutete eine Gasse zwischen zwei breiten Straßen, überwiegend schmale Häuser mit engen Treppen und kleineren Wohnungen. Gleichwohl war diese, nahe dem Hafen, den großen Speichern und etlichen florierenden Handelshäusern, in den Vorderhäusern ein bürgerliches Quartier. Sonst würden hier kaum Freunde Madam Zollers leben.

Gustav Reimann war Privatier und von ausgeprägter Behäbigkeit. Diese Herumkutschiererei, die nach seiner Meinung neuerdings *à la mode* war, hielt er für so überflüssig wie kostspielig, zudem der Gesundheit abträglich. Seine Gattin hatte jedoch darauf bestanden, auch in diesem Jahr den Dezember und die erste Januarwoche auf dem holsteinischen Landgut ihrer Schwester zu verbringen, wegen der größeren Bequemlichkeit, des famosen Vorrats an fetten Gänsen, Schinken und Madeira, wegen der vornehmen anderen Gäste und nicht zuletzt wegen der guten Bedienung. Superb, wie Madam Reimann bei ihrem letzten Besuch Madam Zoller immer wieder versichert hatte, superb, dennoch gehe nichts über die eigenen Domestiken, ihr Mädchen nehme sie immer mit. Gewiss könne Mamsell Theda nach ihrer Wohnung sehen? Nicht an jedem Tag, beileibe nicht, nur an jedem zweiten. Sonst komme noch jemand auf die Idee, einzubrechen oder sich gar häuslich einzurichten. Man höre da von Unverschämtheiten obdachloser Taugenichtse – wirklich schändlich!

Wieder ein Glück für Theda. Im Durcheinander der Abreise hatte sie vergessen, den Schlüssel wie vereinbart bei den Nachbarn abzugeben. Das war nur ein Versehen gewesen, aber ein segensreiches.

Seit sie gestern angekommen war, hatte sie sich eingerichtet. Sie hatte der Verlockung widerstanden, den Kachelofen anzuzünden – es dauerte ohnedies viel zu lange, bis er wärmte –, und wohnte nun in der hinter der Küche liegenden Kammer. Tatsächlich war die nur eine fensterlose Abseite, nicht vergleichbar mit ihrer manierlichen Stube bei Madam Zoller. Immerhin lag die Küche, anders als die vieler großer Häuser, nicht im Souterrain, wo es so nah an Elbe und Hafen immer feucht war. Sie hatte es wirklich gut getroffen, wieder einmal. Das Küchenfeuer hielt sie warm, sie musste nicht hungern, im Hof gab es sogar eine Pumpe mit reinem Wasser.

Das hörte sich gut an, warum war ihr dann so zitterig? Warum saß sie auf der Stuhlkante, die Hände ineinander verknotet, die Schultern fast bis zu den Ohren hochgezogen?

Theda atmete heftig aus, machte den Rücken gerade und entschied, das hier habe sie sich selbst eingebrockt, es war ein Abenteuer, davon gab es nicht viele in ihrem Leben, also würde sie es aushalten. Und draußen in der Stadt, in dieser Welt ohne Geländer und sicheren Weg – nun, das konnte warten, immer ein Schritt nach dem anderen. Morgen war auch ein Tag.

Freiheit war ein schönes Wort und musste ein schöner Zustand sein. Leider hatte Theda nicht bedacht, dass man dazu wissen musste, was Freiheit bedeutete und sein konnte. Und wer man selbst war. Wer war sie bisher gewesen? Tochter, Stieftochter, Ehefrau, Witwe, Madam Zollers Mamsell. Und nun? Nur noch Theda Harling. Und war die eine Betrügerin? Eine Diebin? War es Diebstahl, wenn man sich in einer Wohnung einquartierte, die man nur mit regelmäßigen kurzen Visiten vor Einbrechern schützen sollte? Sie könnte ein wenig Geld für das verbrauchte Feuerholz zurücklassen. Andererseits war es das letzte selbstverdiente Geld, mit dem sie tun konnte, was ihr beliebte. Zum letzten Mal.

Da kam Theda die rettende Idee, eine sehr weibliche Idee. Sie wollte die Wohnung putzen. Weniger zur Befriedigung der Reimanns als zu ihrer eigenen Beruhigung, denn Arbeit war immer eine gute Währung. Ihr Körper, bis dahin gespannt wie eine Bogensehne, wurde wieder weich. Sie setzte sich bequemer, lehnte sich zurück und beschloss, morgen würde sie beginnen und arbeiten, bis die ganze Wohnung blitzte. Bei genauem Hinsehen war das hier sowieso höchste Zeit. Morgen.

Sie nahm die Bibel, das einzige Buch, das sie fand, und schlug sie blind auf, irgendwo, sie wollte etwas lesen, das die rastlose Kreiswanderung ihrer Gedanken unterbrach.

Hiob! Sie hatte das Buch Hiob im Alten Testament aufgeschlagen. Gab es eine verzweifeltere Geschichte? Die wollte sie jetzt nicht lesen. Verzagt warf sie das schwere Buch auf den Tisch, die Kerzenflamme flackerte. Ein Flackern wie eine Mahnung, nein, eine Erinnerung. Plötzlich wusste sie, was sie lesen wollte, was ihrer Seele Balsam sein und Zuversicht geben musste. Sie schlug die Bibel noch einmal auf und blätterte mit eiligen Fingern. Sie wusste genau, wo sie suchen musste, diese Verse im Neuen Testament, die jeder Christ kannte. Selbst jene, die Gott spotteten, die behaupteten, er existiere nicht, diese Geschichte – da war sie, im Buch Lukas, und sie begann flüsternd zu lesen: «Es begab sich aber zu der Zeit, dass ein Gebot von dem Kaiser Augustus ausging, dass alle Welt geschätzt würde …»

Elsi hatte erst kürzlich beschlossen, es sei allerhöchste Zeit zu entscheiden, wohin ihr Leben führen sollte. Dabei hatte sie zuerst an die Zukunftsaussichten gedacht, die keinesfalls eintreffen sollten. Man konnte nicht sagen, Anton Schaffer wäre schuld, dass sein einziges Kind eine ausgezeichnete Taschendiebin geworden war, er hatte es nur nicht verhindert, sondern ihre durch ausdauerndes Üben erlangte Geschicklichkeit mit heimlichem Vaterstolz beobachtet. Jedenfalls werde sie nicht hungern müssen, hatte er gedacht, falls er plötzlich nicht mehr sei. Er hatte nicht vor, in absehbarer Zeit zu sterben – er fühlte sich putzmunter – oder im Zuchthaus zu verschwinden, was in seinem Gewerbe passierte konnte, wenn man das Opfer ausdauernder übler Nachrede von kleinmütigen Kunden oder Konkurrenten wurde. Aber der Tod kam zuweilen schnell und unverhofft. Es war gut für seine Seelenruhe, wenn Elsi sich notfalls allein und durch ihrer Hände Arbeit ernähren konnte.

Elsi, das muss dazu gesagt werden, war ein moralischer Mensch, weniger aus Furcht vor himmlischer Strafe als aus einem Gefühl für Gerechtigkeit, das sie nicht vom alten Schaffer geerbt haben konnte. So hatte sie nie arme Leute bestohlen, sondern nur solche, die aussahen, als werde der Diebstahl ihres Spitzentuchs, einiger schwerer Münzen oder eines losen Silberknopfs sie tüchtig ärgern, aber keinesfalls in Not bringen. Natürlich barg diese Wahl das größere Risiko – reiche Leute schlagen schnell Alarm und können am besten dafür sorgen, dass Dieb oder Diebin besonders hart bestraft werden. Sie hatte das immer gewusst und die größere Gefahr heimlich genossen. Es war aufregend gewesen in einem Leben, das sonst nicht viel an Abwechslung bot, und der Erfolg, das hieß Beute machen, ohne gefasst zu werden, war ungemein befriedigend.

Doch dann, in diesem Sommer, war Martha geschnappt worden, ihre ein Jahrzehnt ältere Freundin und in diesem Gewerbe geschickte Lehrerin. Es war trotz großer Könnerschaft nicht das erste Mal, außerdem verdiente sie sich bei Gelegenheit als Hure ein Zubrot. So landete sie im Spinnhaus, diesem Albtraum aus

Backstein und vergitterten Fenstern gleich neben dem Zuchthaus an der Binnenalster. Im Hof hatte sie die Peitsche spüren müssen, und nun schuftete sie dort von früh bis spät, sah kaum das Tageslicht, aß Wassersuppe, litt an der Krätze und zweifellos noch mehr an den Menschen dort, den Wärtern wie den Mitgefangenen. Niemand wusste, für wie lange.

Elsi vermisste Martha sehr, manchmal brachte sie einen Beutel mit Äpfeln und frischem Brot, einem Stück Wurst oder kaltem Fleisch zum Spinnhaus. Sie hoffte, zumindest ein Teil davon werde in Marthas Bauch landen und nicht alles in denen der Wärter.

Bis dahin hatte sie nicht darüber nachgedacht, beim ersten dieser Wege zum Spinnhaus war ihr jedoch klargeworden, dass sie dieses irdische Fegefeuer niemals aushalten könnte.

Sie war erstaunt gewesen, wie schwer es ihr fiel, völlig auf den Griff in fremde Taschen zu verzichten. Das Leben war plötzlich grauer. In den ersten Wochen hatte es den einen oder anderen Rückfall gegeben, einmal an Spinnhaus und Zuchthaus vorbeigehen reichte jedoch, um sie nachdrücklich an ihren Vorsatz zu erinnern. Seit sie nicht nur wie jeder davon wusste, sondern im Oktober selbst das Klatschen der Peitsche auf nacktem Fleisch und die Schreie aus dem Innenhof gehört hatte, war sie nicht mehr in Versuchung gekommen. Anders als die meisten hatte sie ja nicht aus Not stehlen müssen, jedenfalls nicht aus Hunger, die Schaffer'schen Geschäfte gingen in den letzten Jahren erheblich besser, als es nach außen schien.

Und dann hatte sie sich eines Tages, als die späte Oktobersonne so mild und golden war und die Bäume und Büsche in ihrem Herbstlaub von solch besonderer Schönheit, in den Malthus'schen Garten beim Gänsemarkt verirrt. Es war sonst nicht ihre Art, nur herumzuschlendern und die Sonne und die Welt zu genießen, an diesem Tag hatte sie es getan, und als sie vor dem hohen schmiedeeisernen Tor stand, war sie hindurchgeschlüpft. Wie in ein fremdes Land. Sie war Hunderte Male an dem Garten hinter seinen hohen Hecken vorbeigegangen, aber nie hinein.

Hinter diesen Hecken wurde der Lärm der Stadt sanfter, es duftete herb, und die herbstliche Müdigkeit der Pflanzen, ihre letzte Anstrengung, Blüten zu treiben, war von süßer Melancholie. Wie eine Sehnsucht. Nie hatte Elsie sich vorgestellt, der Garten sei so groß. Als es schon höchste Zeit war umzukehren, hatte sie am Alsterufer die Kate entdeckt. Vor der Kate stand ein Mann, er kaufte von zwei Frauen, was sie an diesem Tag an Samen und Nüssen von wildwachsenden Pflanzen vor den Toren für den Malthus'schen Handel gesammelt hatten.

Die beiden Frauen waren Elsi egal gewesen, sie hatte sie nicht einmal wirklich gesehen. Nur den Mann, den noch sehr jungen Mann, dessen Blick sie flüchtig traf. Ein Blick aus kühlen blauen Augen, er hatte sich gleich wieder den Sammlerinnen zugewandt. Ganz sicher, so hatte Elsi beschämt gedacht, hatte er erkannt, dass sie keine sei, die für einen eigenen Garten außerhalb der Wälle einkaufen konnte.

Dass er einen Gehilfen hatte, ein Kind von vielleicht zehn oder zwölf Jahren, war ihr erst nachträglich aufgefallen, als sie schon auf dem Hauptweg zurück zum Tor eilte, und auch warum er den brauchte: Er hatte nur einen Arm. Natürlich war das sehr traurig, aber sie fühlte eine kleine Welle von Freude. Er war ein Gärtner, wohl ein angesehener Mann, zumindest arbeitete er für den größten Gartenhandel der Stadt, gewiss der ganzen Region, so einer musste auf seine Reputation achten und hatte kein Auge für eine Trödlertochter mit den Händen einer Taschendiebin. Andererseits: ein Mann mit nur einem Arm?

Und dann hatte sie sich selbst ausgelacht. Was für eine dumme Posse! Sie hatte ihn nie zuvor gesehen, und da sie keinen Garten hatte, würde sie ihn auch niemals wiedersehen. Wie dumm, wenn ihr Herz schneller klopfte. Wie dumm, solche Gedanken überhaupt zu haben, nur weil sie einen Mann mit weichem hellbraunem Haar in der Oktobersonne gesehen hatte, so wunderschön wie, wie – ihr fiel einfach kein Vergleich ein.

Sosehr sie sich bemühte, sie vergaß die flüchtige Begegnung im Malthus'schen Garten nicht. Es war nicht einmal eine echte Begegnung gewesen – trotzdem.

Elsi wäre nicht Elsi gewesen, wenn sie es dabei belassen hätte.

Zuletzt die Eichentruhe im Entree, auf ihrer vorderen Seite strahlten Intarsien in Form von zwei Sternen. «Zwölf», murmelte Theda, «jeder Stern zwölf Strahlen.» Die helle Seite aus Ahorn, die dunkle von indischem Palisander? Als die Frage, ob dieses Palisanderholz in Ostindien oder auf den Westindischen Inseln wuchs, in ihrem Kopf immer weiter im Kreis lief und sie das mit verdünntem Kiefernöl getränkte Tuch dazu immer weiter über die längst warm glänzenden Sterne rieb, ließ sie ihre Hände endlich in den Schoß sinken. Was tat sie mit dieser kostbaren Frist, mit diesen Tagen, die sie in ihrem Leben ganz für sich allein haben würde? Sie blieb feige hinter verschlossener Tür und tat, was sie immer getan hatte und auch zukünftig tun würde: Sie betrog sich selbst.

Es hatte ihr Gewissen beruhigt, für ihren unerlaubten Aufenthalt die Wohnung bis in die letzten Ecken zu putzen, auch das Silber, was viel Mühe gemacht hatte, nur nicht die Fenster, man hätte sie sehen und sich wundern können. Sie hatte auch nachdenken wollen, leider war ihr nichts eingefallen.

Nun war genug geputzt, fast drei Tage lang. Da war noch ein Korb mit Flickarbeiten, aber die waren gerade recht für die langen Abende. Sie würde nicht die Kerzen der Reimanns verschwenden, die billigen Talglichter in der Küche, sondern eigene kaufen. Vielleicht sogar ein oder zwei aus duftendem Bienenwachs. Sie wollte endlich das Haus verlassen, nicht nur bis zur Pumpe im Hof oder zur Backstube am Ende der kurzen Straße, sondern hinaus in die Stadt. Und zum Weihnachtsmarkt im Dom. All die Buden und Stände mit zahllosen Verlockungen – leider hatte sie kein Geld zu verschwenden. Was Madam Zoller ihr beim Abschied in einem bestickten Beutelchen zugesteckt hatte, brauchte sie für die nächsten Tage und für die Reise nach Aurich. Es war ihre Rettung gewesen und zugleich die Verführung zu diesen heimlichen Tagen.

Sie streckte den steif gewordenen Rücken, löste die Schürze

und brachte den Putzkorb in die Küche. Plötzlich hatte sie es furchtbar eilig, als bedeute jede Minute, die sie hinter der verschlossenen Tür verbrachte, Verschwendung von Lebenszeit.

Genau das war es, dachte sie, als sie hastig die Hände von Schmutz und Öl befreite. Wenn sie sich nicht endlich in die Welt dort draußen wagte, hätte sie gleich nach Hause fahren können. Zurück in das Leben, dem sie vor fünf Jahren entflohen war.

Entflohen klang ein wenig pompös, aber so hatte sie es empfunden: als eine Flucht, wenn auch in allen Ehren mit einem Ehemann. Friedrichs Werben hatte sie nachgegeben und ihn geheiratet, um dieser von Stiefvater und Mutter eingefädelten Ehe mit einem preußischen Beamten und Witwer zu entkommen. Das Leben mit seinen vier Kindern hätte ihr gefallen, doch er war ein Misanthrop, in jeder Hinsicht geizig, strikter Gehorsam sein oberstes Gebot. Auch roch er muffig und säuerlich, sie kicherte nervös, muffig und säuerlich, ja, von dieser Art, die sich nicht abwaschen lässt. Das würde inzwischen kaum besser sein.

Friedrich hingegen war ein freundlicher Mensch gewesen, und sie waren gut miteinander ausgekommen, hatten auch gerne ihr Bett miteinander geteilt. Das war viel. Er hatte für seinen neuen Anfang in der großen Stadt eine geschickte Helferin gebraucht – sie hatte fortgewollt. Egal wohin. So war auch diese Ehe ein Arrangement gewesen, aber ein selbstgewähltes, und für beide eine hoffnungsfrohe Zeit. Friedrich hatte recht gute Geschäfte gemacht, in drei oder vier Jahren, hatte er versichert, seien sie auf der Seite von Gewinn und Wohlstand. Doch dann, als das Marschenfieber im Gefolge der großen Flut anno 1771 auch in der Stadt Ernte gehalten hatte, war er gestorben. Ganz rasch. Alle Tage starben Menschen, junge wie alte, aber Theda hatte nicht daran gedacht, dass der Tod so schnell so nah kommen könne. Als sie sich auf den Weg zurück machen wollte, mutlos und matt, hatte Madam Zoller sie gerettet.

Theda warf Wolltuch und Mantelumhang über die Schultern, nahm den Muff von der Truhe, er duftete nun ein wenig nach Kiefernöl, und verließ das Haus. Erhobenen Kopfes, als sei ihr Aufenthalt in der Reimann'schen Wohnung das Normalste von der Welt. Gleichwohl lag der Schlüssel schwer in der Tasche ihres Umhangs. Im Weitereilen – tatsächlich eilte sie plötzlich, und es fühlte sich gut an, als hole sie Versäumtes nach –, im Weitereilen steckte sie ihn in das sichere Innenfach des Muffs. Alles Mögliche mochte geschehen, den Schlüssel durfte sie nicht verlieren.

Draußen empfing sie ein leichter frischer Wind, es hatte aufgeklart, der Himmel war hoch. Sie atmete tief und schmeckte die Luft, es roch nach Hafen, nach Flusswasser, irgendwo wurde Kaffee geröstet – den fauligen Gestank aus einem der Keller ignorierte sie. Heute war alles frisch und gut und weite Welt.

Und nun? Zuerst zum Hafen? Was tun mit der Freiheit? Zuerst kreuz und quer durch die Stadt. Sie sehnte sich nach Trubel und Gedränge, nach dem Lärm vieler Menschen, Wagen und Werkstätten. Nach dem Leben. Plötzlich spürte sie keine Furcht mehr. Sie ertastete das steife Papier des Briefbogens in der Innentasche ihres Umhangs – auch das bereitete ihr nun keine Angst mehr, brachte nicht einmal Traurigkeit. Diese letzten Tage des alten Jahres gehörten ihr, zum Traurigsein war später Zeit, zum Beispiel, wenn sie in der Kutsche durch das Steintor aus der Stadt rollte. Wenn das neue Jahr seinen Lauf nahm.

«Mein liebes Kind», hatte ihre Mutter geschrieben, so schrieb sie immer, obwohl Theda wahrlich kein Kind mehr war. «Mein liebes Kind. Warum willst Du Dienstbotin bleiben, wenn Du eine angesehene Ehefrau sein kannst? Unser verehrter Meyer-Hohne ist wieder Witwer geworden, zum zweiten Mal ging ihm eine Ehefrau im Wochenbett verlustig. Obwohl er ein so gottesfürchtiger Mann ist, erlegt der Herr ihm diese harten Prüfungen auf. Allerdings zieht er es vor, die Ursache in der Schwächlichkeit heutiger junger Frauen zu sehen, was sicher recht ist. Er trägt Dir nicht nach, dass Du damals einem unbedeutenden jungen Mann den Vorzug gegeben hast, denn wie man sah, lag kein Segen auf Deiner Ehe mit Harling. Als die feinfühlige Seele, die unser lieber Meyer-Hohne schon immer war, wenn es auch nicht sogleich und für jedermann zu erkennen sein mag, hat er nun mich als Deine Mutter beauftragt, seinen Antrag zu erneuern. Sei dankbar, liebes Kind, und endlich klug. Verlasse den Dienst, den Du Dir in einer fremden Stadt aufgebürdet hast, und …»

Theda kannte diese Zeilen auswendig. Sie hatte nicht geschrieben, dass sie ihre Stellung verloren hatte, nur Weihnachtsgrüße geschickt, wie es sich für eine Tochter gehörte, auch einen an Meyer-Hohne ausrichten lassen, mochten sie das auslegen, wie sie wollten, und weil sie da noch gehofft hatte, einen Ausweg zu finden, vage ihren Besuch angekündigt. Nur ihren Besuch. Das Haus ihres Stiefvaters war klein und voller Kinder, die Mittel waren stets knapp, und ihre Stiefschwestern erledigten die Arbeit in Haus und Garten. Für eine arme Verwandte, sei sie noch so dienstbeflissen, war kein Raum. Nun war diese Ehe mit dem säuerlichen Meyer-Hohne doch ihre Zukunft. «Sei dankbar, liebes Kind.»

Auf der Holzbrücke zur Deichstraße und zum Hopfenmarkt blieb sie stehen, vom raschen Gang ein wenig atemlos, und sah den Schuten nach, die mit dem ablaufenden Wasser zum Hafen zurückgestakt wurden. Dorthin, von wo Schiffe und Waren jeder Art aus der Welt ankamen. Oder in die Welt gingen. Wäre sie ein Mann, könnte sie auf einem anheuern. Wobei es ihr wohl doch nicht gefallen würde, monatelang alle Tage schimmeligen Schiffszwieback zu essen und fauliges Wasser zu trinken, von den Gefahren auf See gar nicht erst zu reden.

Sie wollte weitereilen, blieb aber stehen. Konnte sie nicht so lange müßig sein und auf die Männer in den Schuten hinunterschauen, wie sie wollte? Niemand erwartete sie, niemand forderte Rechenschaft.

Ein ungewohntes Gefühl stieg in ihr auf, eine Ahnung von heiterer Leichtfertigkeit, vermischt mit Wehmut. Flüchtig, schnell aufgelöst wie Morgennebel über dem Fluss. Darüber war sie froh, denn so kurz es gewesen war, hatte es sie schwindeln lassen, als bäume sich die Brücke unter ihren Füßen auf, um sie abzuwerfen. Oder voranzutreiben. Einfach wieder zur Vernunft zu bringen? Sie wollte nichts von alledem. Am wenigsten Letzteres.

Als sie in die Straße einbog, die weiter über die Trostbrücke zum Platz vor Rathaus und Börse führte, dem Zentrum der Stadt, von wo es nur ein Katzensprung bis zum alten Dom war, rollte eine schwarzlackierte leichte Kutsche vorbei. Wäre Theda nicht gerade in diesem Moment von einem seltsamen kleinen Tier abgelenkt worden, hätte sie gewiss die alte Dame erkannt, die sich aus dem Fenster beugte und ihr nachsah.

Madam Augusta Kjellerup lehnte sich stirnrunzelnd zurück in die Polster, als die Kutsche weiterrollte. Sie zog die Pelzdecke wieder über die Knie und dachte, womöglich sei es doch ratsam, so ein unkleidsames Brillengestell auf die Nase zu setzen. Bisher hatte sie trotz ihres gesegneten Alters nur zur Lektüre ihr Lorgnon gebraucht.

Ihr Neffe war bei seiner Rückkehr aus Lüneburg an der Elbfähre der Zoller'schen Kutsche begegnet, die Zollerin hatte ihm

Grüße aufgetragen. Also wusste sie genau, dass die Zollerin abgereist war, ein blödsinniges Unterfangen übrigens mitten im Winter und so kurz vor Weihnachten. Wenn sie nun glaubte, auf der Holzbrücke Mamsell Theda erkannt zu haben, den guten Geist des Zoller'schen Haushaltes in der Großen Reichenstraße, musste das ein Irrtum sein. Oder nicht?

Madam Augusta, wie sie für gewöhnlich genannt wurde (gewiss kein Zeichen unangemessener Vertraulichkeit, alle hatten Respekt vor der alten Dame), schüttelte den Kopf. Einerlei, was sein konnte oder nicht, dort auf der Brücke hatte Mamsell Theda gestanden. Das war sicher.

Sie kannte den jungen Zoller nicht, sie selbst hatte den allergrößten Teil ihres Lebens in Kopenhagen verbracht; als sie nach Hamburg zurückkehrte, vertiefte er seine Kenntnisse in einem Londoner Handelshaus, später in Antwerpen. Umso besser kannte sie seine Mutter. Die war eine freundliche Person, gerne mildtätig, stets friedfertig, gleichwohl verhielt sie sich, wenn es darauf ankam, den Rücken gerade zu machen und zu einer Meinung oder Entscheidung zu stehen, gern wie eine dumme Gans, nur ohne lautes Geschnatter. Jeder hatte gewusst, dass sie ihre vertraute Mamsell mit nach Antwerpen nehmen werde, und es für klug gehalten. Außer ihrem Sohn kannte sie dort niemanden, selbst die Schwiegertochter nur von zwei Besuchen. Sie würde sich schrecklich einsam fühlen, die liebe dumme Person.

Madam Augusta erinnerte sich gut an ihre eigenen Ankünfte in der Fremde, die einzige ihr wirklich vertraute Person war beide Mal Anneke gewesen. Zuerst, als sie als blutjunge Braut nach Kopenhagen geschickt wurde, ebenso Jahrzehnte später, als sie, schon lange verwitwet, zurückkehrte. Sie war im Haus ihres Neffen hochwillkommen gewesen, sie hatte ihn immer geschätzt, auch seine Frau und seine nun schon erwachsenen Kinder waren ihr über die Maßen lieb, als gesellige Dame war sie auch in der Stadt ihrer Kindheit schnell wieder heimisch geworden. In der Anfangszeit jedoch war es wieder Annekes unerschütterliche Gegenwart gewesen, die ihr das Gefühl der Verlorenheit und des Fremdseins genommen hatte. Anneke und sie, Dienerin und Herrin, waren zusammen alt geworden. Seit ihrem Tod vor zwei Jahren war es Madam Augusta unmöglich gewesen, sie zu ersetzen. Ersetzen, was für ein Wort. Als wechsele man nur alte Schuhe gegen neue aus.

Im großen Haushalt ihres Neffen gab es natürlich genug Dienstboten, sie hatte niemals eine Handreichung vermisst, aber das war etwas anderes. Zudem war es eine der Malaisen des Alters – man wurde wählerischer und gewöhnte sich schwerer an neue Menschen. Wenn die Zollerin so dumm war, ihre hochgeschätzte Theda zurückzulassen, konnte es nur an dem Veto ihres Sohnes liegen, es hieß, der neige zur Knauserei und seine Frau führe in Antwerpen ein aufwendiges Leben. Aber wie Madam Augusta verfügte die Zollerin über eigenes Geld, die wichtigste Voraussetzung für ein bisschen Unabhängigkeit, erst recht für eine Frau. Sie hätte leicht durchsetzen können, Theda mitzunehmen.

Augusta beschloss, ihr zu schreiben, gleich heute Abend, die Anschrift der Antwerpener Handelsvertretung bekam sie im

Kontor ihres Neffen. Vielleicht ging dieser Tage noch ein reitender Bote an die Schelde. Sie wollte der Zollerin schreiben, wie dumm es war, eine so tüchtige und angenehme Person wie Theda Harling zurückzulassen. Dumm und zu dieser Zeit auch geradezu unchristlich. Nun gut, vielleicht würde sie es höflicher ausdrücken. Das nahende Weihnachtsfest stimmte sie wie immer milde.

Theda war, als habe sie schon Punsch getrunken. Drei große Gläser. Tatsächlich hatte sie das nie in ihrem Leben getan, nicht an einem Tag, aber eines würde sie heute trinken. Ganz allein, ohne Begleitung, das zeugte von ungebührlichem Übermut, bald war sie fort, es kümmerte niemand, ob sie sich benahm wie eine, wie eine – nun, wie eine dieser Frauen, indem sie allein durch die Stadt lief, sich auf dem Weihnachtsmarkt herumtrieb (Meyer-Hohne würde es so nennen) und heißen gewürzten Wein trank. Nun war ihr doch ein wenig seltsam – vielleicht aus Freude, vielleicht aus Angst vor diesem Übermut. So oder so, es war erregend. Als trete sie eine Reise an. Theda staunte, dass wirklich so etwas wie Abenteuerlust in ihr steckte.

Sie betrat die Domkirche durch das Südportal. Anders als das nördliche mit dem noch erhaltenen, aus Sandstein gefertigten reichen Figurenschmuck war hier nur noch im abgerundeten Spitzbogen der thronende und segnende Christus zu erkennen.

Im vergangenen Jahr hatte Theda ihn als überaus tröstlich empfunden, heute sah sie nicht hinauf.

«He, Madam!» Eine ruppige Stimme hielt sie zurück. Der Mann verkaufte gleich hinter dem Portal Windräder aus Federn, leider wenig kunstvoll gefertigtes Knabenspielzeug. Sicher war er wegen schlechter Geschäfte so missgestimmt, die Konkurrenz musste dieser Tage größer sein denn je. «Das geht aber nicht, Madam, Viecher sind hier keine erlaubt. Der da bleibt draußen, klar?»

«Draußen? Wer?» Theda sah sich suchend um, doch der Kleinhändler zeigte anklagend zu ihren Füßen hinunter – und da hockte er, ganz nah, und sah grimmig zu dem Verräter mit den Windrädern auf, wäre er nicht so klein und dünn gewesen, hätte er die Zähne gefletscht und sehr böse geknurrt. So zog er nur die Oberlippe hoch und gab einen seltsam huschigen Laut von sich. Dann drehte er den Kopf zu Theda, und sein Blick wurde flehend. Wer hätte je einem solchen Hundeblick widerstehen können!

Genau genommen war das rot-weiß gescheckte Tier kaum Hund zu nennen, es war nur ein Hündchen. Immerhin war sein Fell nicht räudig, sondern dicht, aber die Nase war spitz, die in dünne Büschel auslaufenden Ohren auch, die schwarzen Knopfaugen klein. Es war wirklich kein hübsches Hundegesicht, Thedas Herz schmolz dennoch.

Zuerst war ihr das Hündchen auf der Holzbrücke begegnet, da saß es neben ihr, als sie den Schuten nachsah, als sei genau das sein Platz. Dann war es ihr gefolgt, stets einen halben Schritt Abstand haltend, sie hatte es fortgescheucht, bis es wirklich verschwand und Theda, den Kopf voll anderer Gedanken, es vergaß. Aber das Hündchen war ihr weiter gefolgt. Es sah nicht wie ein hungriger verdreckter Streuner aus, sondern trotz seiner offensichtlichen Neigung zu grimmigen Blicken und seltsamen Lauten wie ein Schoßhündchen. Irgendjemand musste es vermissen.

«Was tust du hier?», fragte Theda, beugte sich hinab und strich ihm über den Kopf. Es fühlte sich schön an, weich und warm. «Du musst nach Hause laufen. Ich kann nicht für dich sorgen. Obwohl ich es gerne täte, mir scheint, du wärst ein netter Begleiter. Aber es geht wirklich nicht.»

Sie schenkte dem Knirps noch einen bedauernden Blick und ging an dem Windradverkäufer vorbei in die Domkirche – ein kurzes unglückliches Aufkläffen erreichte ihr Ohr – und tauchte in den Trubel ein. So ein Hündchen hat eine gute Nase, versicherte sie sich selbst, es wird schon nach Hause finden. Ganz sicher wird es das.

Der Marktlärm drang bis hinaus auf die Straße, obwohl der größte Andrang erst begann, wenn mit der Dunkelheit die Arbeit in den Werkstätten ruhte. Dann mischten sich die Gesellen in die ohnedies drängende Menge Volks, für gewöhnlich in Horden und stolz in ihrer Berufstracht, übermütig lärmend und immer zu einer Keilerei aufgelegt.

Die hatten gewiss keine Hemmungen, sich am Bier draußen in den Schenken und am Punsch im Domhof gütlich zu tun. Berüchtigt waren die Zuckerbäckerknechte, kräftige Kerle in blauen Tuchjacken, die großen weißen Schürzen umgebunden, auf den Köpfen die traditionellen Pudelmützen mit langem rotem Troddel. Wenn sie auf ihre Lieblingsfeinde trafen, die Schlachterburschen in ihren roten Jacken und weißen Schürzen, auf den Köpfen rote Samtmützen, fing die Prügelei schnell an. Das geschah unweigerlich, denn sie suchten einander, und das Publikum wartete darauf wie einst bei den Römern auf die Gladiatorenkämpfe.

Natürlich wurde stets Empörung ordentlicher Bürger laut, doch wenn die Stadtsoldaten allzu schnell zur Stelle waren, was ebenso unweigerlich geschah, und die Kampfhähne rüde mit ihren Piken auseinandertrieben, gab es nur wenig Applaus. Doch die Domkirche war groß, selbst zur Zeit des Weihnachtsmarktes gab es genug dunkle Ecken im Hauptschiff. Besonders am östlichen Ende, seitlich des Lettners, hinter dem sich zehn Stufen hoch der abgeschlossene Hauptchor mit dem alten Marienaltar befand, war immer Platz für die nächste Prügelei, auch für dunkle Geschäfte, so hieß es hinter vorgehaltener Hand, und die Dienste der Huren.

Von alledem wusste Theda nichts. Für sie war dieser Markt ein vorweihnachtliches Vergnügen an einem ehrwürdigen, geschützten Ort. Noch fiel Tageslicht in das himmelhohe Kirchenschiff, besonders durch die obere Fensterreihe, die frei vom Schatten der umstehenden Häuser blieb. Noch flanierte die Menge halbwegs manierlich durch die Gänge zwischen Buden und Tischen, mischten sich Leute aus den elenden Gängevierteln mit Klein- und Großbürgern, rannten auch jetzt im Dezember barfüßige schmutzige Straßenkinder mit den Manierlicheren aus den Armenschulen und denen mit Samtkäppchen und Spitzenkragen aus den großen Häusern um die Wette, bis zumindest Letztere von

Müttern, Gouvernanten und Kinderfrauen aus dem Getümmel gezerrt wurden. Nirgends sonst, auch nicht zu Pfingsten auf dem Lämmermarkt vor dem Steintor, auf den Wallpromenaden oder am Hafen, mischten sich die Kleinen und Großen, die Armen und Reichen der Stadt wie in diesen acht Tagen in der Domkirche. Wer zu zimperlich war, blieb besser zu Hause. Und versagte sich zugleich den Zauber, der mit dem Abend im Licht zahlloser Kerzen und Laternen, zu festlichen Posaunenklängen in den alten Mauern und zwischen den weihnachtlich geschmückten Buden entstand.

Wie die anderen Besucher dachte auch Theda an diesem Tag nicht daran, dass unter den großen, den Boden bedeckenden Steinplatten jahrhundertelang die Toten der einstigen Domgemeinde begraben worden waren. Die Inschriften waren abgewetzt, wie in allen großen Kirchen. Theda hatte nur Augen für die ausgelegten Waren. Und für die Menschen, für die in den Buden bei ihren Verkaufstischen und -körben und die flanierenden Besucher. Sie hatte nie ein Theater besucht, nach allem, was sie gehört hatte, mochte es dem hier in manchem ähneln, auf der Bühne wie im Publikum. Wie schade, dass in der Adventszeit das Theater verboten war, womöglich hätte sie das nun auch noch gewagt.

Und all die Gerüche! Hier duftete es nach den teuren Orangen und Zitronen, dort nach Zimt- und Anisgebäck, nahe einem anderen Stand nach Lavendel, Rosenöl und Melisse, an der nächsten Ecke nach russischem Juchten und Bienenwachslichtern, nach gebranntem Zucker und süßen Äpfeln, Pfeffernüssen und Quittenbrot.

Die Freuden für Augen, Ohren und Nase machen nicht satt, ihr Magen knurrte vernehmlich. Vom Schappendom ging es nach ein paar Schritten durch den nördlichen Teil des einstigen Kreuzgangs hinaus in den Friedhof. Der war kein Gräberfeld, sondern ehedem Ort der Ruhe und des Friedens für die Mönche gewesen, auch Asyl für die von weltlicher Gerichtsbarkeit Verfolgten. Unter dem Vordach, das noch von dem südlichen Kreuzgang geblieben war, duftete es herrlich. Zuerst nach reichlich mit Arrak vermischtem, mit Zimt und Zitronenschale gewürztem Punsch, über einer Glutwanne dampfte gleich daneben ein Kessel Suppe mit fettem Ochsenfleisch, auf einem Rost brutzelten über Holzkohlenglut nach Majoran und Nelkenpfeffer riechende Würste.

Theda hatte seit Madam Zollers Abreise keine warme Mahlzeit gegessen, der Punsch musste warten. Sie aß einen Teller Suppe, bemüht, im plötzlichen Heißhunger nicht zu sehr zu schlingen, dann eine Wurst zu einem Stück frischen Roggenbrotes und spürte mit tiefem Behagen den Frieden des Sattwerdens. Sie sah nicht die Blicke, die sie hin und wieder streiften, missmutige, begehrliche oder neugierige Blicke. Zum ersten Mal in ihrem Leben – manches ließ sie in diesen Tagen zum ersten Mal in ihrem Leben geschehen – achtete sie nicht darauf, ob sie sich richtig verhielt, ob sie im Weg stand, ob ihr ein Fauxpas jedweder Art unterlief. Auch den Blick der Suppenfrau hatte sie ignoriert, als die ihr die Schale reichte und sich nach dem dazugehörigen Herrn für die Bezahlung umsah. Theda hatte süß gelächelt, den zierlich bestickten, aber gut verschließbaren Beutel mit Madam Zollers Abschiedsgabe aus der Tasche gezogen und mit einer viel zu großen silbernen Münze bezahlt. Die hatte die Frau genau geprüft, ebenso diese Person gemustert, als sie ihr das Wechselgeld reichte, und sich ohne Gruß oder Lächeln dem nächsten Kunden zugewandt. Aus irgendeinem für sie selbst nicht verständlichen Grund fühlte Theda sich beschämt. Sie würde darüber nachdenken. Später.

Auch der Punsch schmeckte köstlich, nur ein kleines Becherglas aus dem Kessel ohne Arrak. Das war gut, sonst hätte sie womöglich gedacht, es sei ihre Schuld gewesen, sie habe allzu leicht geschwankt, als das Kind sie umrannte.

Dabei war nur passiert, was alle Tage im Gedränge passieren kann, erst recht im Markttrubel, wo überall Körbe, Säcke, Tonnen und andere Behältnisse im Weg stehen.

Theda hatte an einem Stand mit den wunderbarsten Sämereien die Namen auf den Tütchen studiert, überlegt, ob darunter eine passende Gabe für Mutter und Stiefvater war, wenn sie in einigen Tagen zurückkehrte, und die Entscheidung auf den nächsten Tag verschoben. Direkt gegenüber, an einem Stand, der mehr Trödel als neue oder wertvolle Ware bot, hatte sie einen drallen Porzellanengel entdeckt. Der Trödler, ein nicht sehr reinlicher dicker Mann im Sonntagsstaat einfacher Leute, erschien ihr auf unbestimmte Weise bekannt.

Er setzte das Engelchen auf seine Hand und hob es ins Licht. «Ein besonders feines Stück», versicherte er im verschwörerischen Ton, «hat lange auf'm Nachttisch der englischen Königin gestanden, im Schloss in London, ja, und dann …», er beugte sich vor und flüsterte: «… und dann inner Reisetruhe von ihrem Lieb-

haber über die Nordsee und die Elbe, der ist 'n polnischer Herzog …»

Just als Theda amüsiert hören wollte, wie die geflügelte Liebesgabe einer Königin den Weg aus einer herzoglichen Reisetruhe auf den Trödelstand im Hamburger Dom gefunden hatte, rieselten Krümel von der Säule herab, in deren Schutz der Stand aufgebaut war. Der Trödler blickte erschreckt nach oben zu einer Madonna auf einem Sockel an der Säule, räusperte sich geräuschvoll und war plötzlich nur noch damit beschäftigt, seinen Krims und Krams neu zu ordnen. Was Theda ganz recht war, sie hatte schon die Versuchung gespürt, diese köstliche Sorglosigkeit.

So reihte sie sich wieder in den Menschenstrom ein, um sich zurück zum Südportal treiben zu lassen. Plötzlich fühlte sie sich heftig zur Seite gestoßen. Ein Junge von vielleicht zehn oder zwölf Jahren war im Rennen mit großer Wucht gegen sie gestolpert, brachte auch sie zum Stolpern, und just als sie aufschrie und spürte, wie sie fiel, wurde sie aufgefangen. Zwei kräftige Hände verhinderten ihren Fall, sie sank an eine breite Brust, ein Hauch von Melisse umfing sie.

«So ein Flegel», hörte sie eine sehr männlich klingende Stimme, die zweifellos zu der breiten Brust und dem frischen Duft gehörte. «Geht es Euch gut, Fräulein? Braucht Ihr ein Riechfläschchen? Oder soll ich einen Schluck Wasser holen?»

«Danke», Thedas Stimme zitterte noch, «danke, das ist nicht nötig. Ich habe mich nur erschreckt.» Sie sah in ein nicht mehr ganz junges, besorgt lächelndes Gesicht, helle Augen, eine hohe Stirn, dichtes dunkelbraunes Haar, eine Strähne hatte sich aus dem Band im Nacken gelöst und fiel weich über seine Wange, als er sich vorbeugte, um ihren im Fallen heruntergerutschten Umhang wieder über ihren Arm zu legen.

Er neigte den Kopf, immer noch mit diesem Anteil nehmenden Blick. «Ich bin froh, dass Euch nichts geschehen ist. Wie leicht kann sich eine so zarte Dame verletzen. Und Ihr braucht wirklich keine Erfrischung? Nun, dann will ich Euch nicht aufhalten.» Er verbeugte sich galant, sein Haar war ausnehmend schön – Theda ertappte sich bei dem Wunsch darüberzustreichen – und verschwand in der Menge.

Theda fand, so höflich, ihr Nein gleich zu akzeptieren, hätte er nicht sein müssen.

Der Dom hatte sich nun noch mehr gefüllt, aus dem Summen der Stimmen war ein dissonanter, zugleich überaus vergnügter Chor geworden. Eigentlich begann jetzt die schönste Zeit, aber Theda fühlte plötzlich Müdigkeit, und morgen war auch noch ein Tag, es dunkelte – allerhöchste Zeit zurückzugehen. Beinahe hätte sie gedacht: nach Hause.

Der Windradverkäufer stand nicht mehr am Portal, doch ein paar Schritte weiter hockte unter einem winterlich struppigen Holunder das rot-weiße Hündchen, in der sich rasch herabsenkenden Dämmerung kaum mehr als ein heller Fleck. Es stieß ein seliges Winseln aus, als Theda aus dem Dom trat, und begann, in übermütiger Freude um die Frau herumzuhüpfen, die es offenbar und aus unerfindlichem Grund zu seiner neuen Herrin gewählt hatte.

«Du verrücktes kleines Geschöpf. Was mache ich nur mit dir?

Du musst doch zu irgendjemand gehören. Oder nicht? Geht's dir wie mir? Zwei Vogelfreie.» Sie lachte, es klang wirklich fröhlich. «Dann komm eben mit. Komm!», rief sie auffordernd, als das Hündchen ihr nur angstvoll nachsah. «Du hast gewonnen, nun komm schon. Sicher finde ich auch noch was für dich zu fressen, du musst schrecklichen Hunger haben. Aber ich werde dir keinen Namen geben, für mich heißt du nur Hündchen. Bilde dir nicht ein, du hast ein neues Zuhause gefunden. So einfach ist das nämlich nicht. Gleich nach Weihnachten musst du dir eine andere Bleibe suchen.»

So gingen die Frau und das Hündchen, beide mit hocherhobenem Kopf und leichtem Herzen, durch die Straßen. Die waren schon dunkel, doch sehr belebt. In den Fenstern glänzten hellere Lichter als sonst, so schien es Theda, und wo eines geöffnet war, hörte man keine Streitereien, kein Gezeter, überhaupt keine schroffen Töne. Hier übten Kinderstimmen ein Lied zum Spinett, dort wurde ein Gedicht von Winterkälte und gleichwohl blühender Hoffnung deklamiert, an einer anderen Ecke erklang zart eine Violine. Und dann begannen die Glocken zu schlagen, es musste halb fünf sein, oder schon fünf?

Theda ging schneller. Als sie die Stände der Schlachter auf dem Hopfenmarkt bei St. Nikolai passierte, räumte gerade der letzte seine Bude. Sie war satt von der fetten Mahlzeit im Dom, aber das Hündchen brauchte ein Abendbrot. Ein kleiner Knochen und ein paar Fleischreste konnten nicht viel kosten. So blieb sie stehen, griff in die Tasche ihres Umhangs – da war nichts. Hektisch tastete ihre Hand tiefer, aber es ging nicht tiefer, und es gab überhaupt keinen Zweifel. Die Tasche war leer. Der kleine, hübsch bestickte und gut zu verschließende Beutel war weg. Mit ihm alles Geld, das sie besessen hatte.

Madam Augusta war im Herrmanns'schen Haus am Neuen Wandrahm geboren und aufgewachsen. Nach ihrem langen Leben in der dänischen Hauptstadt vor einem Jahrzehnt hierher zurückgekehrt, hoffte sie, auch hier zu sterben. Am liebsten nicht so bald und halbwegs gemütlich in ihrem Bett – wer wünschte sich das nicht?! Die Vorstellung, wie der alte Kütering während einer stürmischen Kutschfahrt über Land mit einer schweren Kolik das letzte Stündlein zu erfahren, erschien ihr nicht nur höchst unangenehm, sondern absurd. Andererseits wäre sie in einer Kutsche nicht allein. Eine Dame, erst recht eine betagte, fuhr niemals allein irgendwohin, schon gar nicht über Land. Blieb die Frage, ob sie in ihrer letzten Stunde auf Erden überhaupt Gesellschaft haben wollte. Wahrscheinlich ja, aber welche?

Ihr fielen gleich zwei oder drei Menschen ein, die sie dann keinesfalls ... an der Stelle angekommen, hatte sie gelacht, zugegeben, ein wenig angestrengt, und sich töricht geschimpft. Gleichwohl wusste sie, es war nicht töricht. Sie war eine alte Frau, sie verstand ihr Leben zu genießen, aber sie war dem, was das Schicksal für sie bereithielt, nie ausgewichen. Sie hatte sich allerdings hin und wieder gewünscht, es sei leichter, sich selbst zu belügen.

Es musste am nahenden Weihnachtsfest liegen, das machte immer gut verpackte Erinnerungen lebendig und stimmte sie rührseliger, als es ihr lieb war. So hatte sie den großen Kerzenleuchter genommen und war die Treppe hinaufgestiegen, hoffend, niemand werde ihr begegnen und Fragen stellen.

Sie war lange nicht mehr hier oben gewesen, tatsächlich seit Annekes Tod. Die Dienstbotenräume waren kein Terrain für die Herrschaft. Das Haus war groß, eine ganze Reihe von Räumen wurde nur gebraucht, wenn auswärtige Gäste mitsamt ihrer Bedienung unterzubringen waren. So musste Annekes Zimmer nicht gleich geräumt werden, wie es sonst notwendig gewesen wäre. Aus dem «nicht gleich» waren nun zwei Jahre geworden.

Vielleicht wäre es doch schön, wieder eine eigene Zofe zu haben. Sie lächelte bei dem Gedanken, das Wörtchen «Zofe» erschien ihr gar zu adelig und lächerlich, aber es war erst recht lächerlich, eine erwachsene Frau, eine so alte wie es Anneke gewesen war, als «Mädchen» zu bezeichnen.

Augusta drückte die Klinke herunter, noch ein wenig atemlos. An den Treppen spürte sie ihr Alter deutlich, wie gut, dass diese enge Stiege zu den Dienstbotenräumen nicht zu ihrem täglichen Weg gehörte. Anneke war kein einfaches Dienstmädchen gewesen, sie hatte wie sonst nur die Köchin ein Zimmer für sich allein gehabt. Obwohl von bescheidener Größe, hatte es ein gutes Fenster, und es war wohnlich eingerichtet. Jetzt war es kalt und roch muffig; obwohl es draußen fast dunkel war, öffnete Augusta das Fenster, der Luftzug ließ die Flammen ihres Leuchters sanft flackern. Sie hatte gedacht, sie werde sich hier oben schlecht fühlen, in die Trauer zurückkehren, die Annekes Tod bedeutet hatte, aber als sie sich in den mit braunem Samt bezogenen Sessel setzte, den Blick auf das kleine Aquarell von Kopenhagens Hafen gerichtet, auf das schmale Bett darunter, spürte ihr Herz tiefen Frieden.

«Ein kleiner Garten nur? Dann macht man einfach kurze Reihen.» Anders Gödekes Stimme klang ein bisschen fahrig, er schob seine Tütchen hin und her, griff in den ihm am nächsten stehenden Korb und zog noch zwei heraus, steckte eine zurück, fand zwei neue. Endlich sah er seine Kundin an, vorsichtig, als könnte sie sich wie ein Trugbild in ein Nichts auflösen, was nur daran lag, dass er Elsi nicht genug kannte. Er wusste nicht, dass sie einmal Entschiedenes stets mit Beharrlichkeit verfolgte. Heute hatte sie beschlossen, die drei Schritte zum Stand gegenüber zu gehen und einfach ein paar Minuten zu plaudern. Leider hatte sie feststellen müssen, dass es ihr dort anders als sonst ungemein schwerfiel, einfach drafloszuschwatzen. So hatte sie zu einem Hilfsmittel gegriffen.

Dass Männer sich vor allem für ihr eigenes Metier interessieren, wusste sie, seit sie laufen konnte, und es war ihr schon oft dienlich gewesen. Also wollte sie Anders Gödeke nach seiner Ware fragen und, wenn es sich so ergab, das eine oder andere Gärtnergeheimnis erklären lassen. Schon hatte er nach Größe und Beschaffenheit ihres Gartens gefragt. Was sollte ein schlaues Mädchen da tun?

Sie hatte mit Fragen nach Gemüse begonnen, und er hatte weiße Türkische Bohnen empfohlen, die brachten schon bei wenigen Pflanzen gute Ernte, und Gelben Savoyer Kohl.

«Salat», erklärte er weiter und nun schon eifrig, «ist immer gut. Blutroter Hanauer gedeiht auch bei uns leicht und schmeckt würzig, die Sommer-Endivie auch, ein bisschen bitterlich, was manche besonders gern mögen, aber …»

Ein schadenfrohes Lachen unterbrach ihn. «Guck mal, Anton», rief Mieke, die Buchbinderin, «guck dir das mal an. Deine Elsi macht sich an den hübschen Einarmigen ran. Du stiehlst dem Gödeke nur die Zeit, Elsi», rief sie, «du hast doch gar keinen Garten. Oder nennst du die drei Töpfe in euerm Hinterhof etwa ’n Garten?»

Elsi wurde blass, nicht vor Schwäche, sondern vor Zorn. Trotzdem wäre sie gerne in den Erdboden versunken. Oder hätte der Buchbinderin ihren Leim über den Kopf geschüttet. Anton Schaffer fasste seine Tochter hart am Arm und zerrte sie die drei Schritte durch den Gang zurück zu ihrem Stand. Er sagte nichts, er schnaubte nur, was wenig Gutes verhieß.

Der Morgen des 23. Dezember war grau, und Theda fror, als sie erwachte. Es dämmerte erst, und ihr Federbett war halb heruntergerutscht. Sie hatte unruhig geschlafen, nicht tief genug, um die Schrecken des gestrigen Abends zu vergessen. Bevor sie sich wieder in die wärmende Decke hüllte, schürte sie die Glut im Küchenfeuer und legte Torf auf. Schon nach diesen wenigen Tagen hatte sie sich daran gewöhnt, faul zu sein, langsam zu gehen und zu handeln, nicht mehr zuerst daran zu denken, welche Pflicht umgehend erledigt werden musste, wer oder was auf sie wartete. Niemand wartete, das war schwer und leicht zugleich. Heute Morgen schwer, weil sie ihre Sorgen allzu gern geteilt hätte.

Am Fußende unter dem Federbett hatte sich inzwischen das Hündchen zusammengerollt und begrüßte sie mit einem seiner seltsamen Laute. Natürlich gehörte ein Hund nicht in ein Bett, nicht einmal in der Abseite hinter einer fremden Küche, aber die Wärme des lebendigen kleinen Körpers im weichen Fell war ein großer Trost. Trotz der Müdigkeit nach dieser unruhigen Nacht war Theda nun hellwach, die Bilder des vergangenen Abends standen vor ihr wie ein Menetekel an der Wand.

Der Schlachter auf dem Hopfenmarkt hatte ihren Schrecken bemerkt und auf ihre gestotterte Erklärung, man habe sie bestohlen, einen mitleidigen Sonderpreis gemacht. Ein paar Pfennige und Schillinge hatten noch in ihrem Muff gesteckt, sie hatte damit bezahlt, verwirrt, vor Schreck und ohne nachzudenken. Sonst hätte das Hündchen hungrig bleiben müssen. Zugleich hatte sie erleichtert festgestellt, der Schlüssel zur Wohnung der Reimanns war noch da, gut verwahrt im Taschenfach des Muffs. Hätte sie doch auch den Geldbeutel dort verwahrt!

Endlich schob sie das harte Kissen in den Rücken und besah, was sie am Abend auf den Schemel neben dem Bett gelegt hatte, um zu überlegen, was sie davon verkaufen könnte. Es musste mindestens bis nach Weihnachten, möglichst bis zum Ende des Monats und einige Tage über den Jahreswechsel reichen – vorher fuhr keine Kutsche nach Ostfriesland – und natürlich für das Billett. Falls sie nur eine Kutsche bekam, die unterwegs über Nacht an Gasthöfen Station machte, musste es auch dafür reichen.

Da war niemand in der Stadt, den sie um Geld bitten konnte, niemand, der ihr vertraut genug war. Außerdem neigte sie von jeher dazu, niemandem zur Last zu fallen und nur auf sich selbst zu vertrauen. Der Gedanke, es könne jemandem Freude machen, ihr zu helfen, existierte in ihrer Welt nicht.

Es gab keinen Grund, mit dem Schicksal zu rechten, sie trug ganz allein die Schuld. Zuerst war sie nicht, wie es sich gehört hätte und erwartet wurde, gleich zurück nach Aurich gefahren, sondern hatte sich frech in einer fremden, ihr ausschließlich zur gelegentlichen Aufsicht anvertrauten Wohnung eingenistet. Dann war sie so leichtfertig gewesen, Punsch zu trinken, und als der sie erhitzt hatte, den Kapuzenumhang abzunehmen und über den Arm zu legen, ohne darauf zu achten, die eingenähte Tasche nach innen zu schlagen.

Fast alles, was zu verkaufen war, hatte Theda schon nach

Friedrichs Tod verkauft, drei Dinge waren übrig geblieben, weil sie sich nicht von ihnen trennen konnte. Nun würde sie es müssen, wenn sie nicht auf den Straßen betteln wollte, was nur dazu führen würde, dass die Weddeknechte und Soldaten sie aus der Stadt scheuchten oder in den Kerker sperrten.

War es überhaupt möglich, so kurz vor Weihnachten etwas zu verkaufen? Doch, gerade jetzt, sagte sie sich halb vernünftig, halb trotzig, gerade jetzt.

In diesen Tagen suchten noch genug Leute ein hübsches Geschenk für die Lieben. Wer es sich leisten konnte, solche gab es viele in dieser Stadt, beschenkte nicht nur die Kinder, auch Ehefrauen, Cousinen, Tanten, sogar Männer bekamen hier Gaben zum Christfest. Nach Weihnachten würde ihr kein Händler etwas abkaufen, dann hatte niemand mehr Geld übrig, und die Geschäfte gingen am allerschlechtesten.

Die Ohrringe mit den von winzigen Flussperlen umrahmten Granaten waren hübsch, aber wenig wert. Die vermeintlichen Granatsteine, ohnedies von bescheidener Größe, waren nur Böhmisches Glas und nicht einmal besonders gut geschliffen. Das hatte sie erfahren, als sie den Schmuck nach Friedrichs Tod verkaufen wollte.

Der vergoldete Rahmen? Den Scherenschnitt von ihr und Friedrich wollte sie herausnehmen, sie hatten ihn auf ihrem ersten gemeinsamen Weihnachtsmarktbesuch schneiden lassen, aber der Rahmen war besonders schön gearbeitet und die Goldauflage makellos. Dieser Verkauf würde sich lohnen, umso mehr, wenn sie bedachte, dass so ein Rahmen in ihrem auf dem Kutschendach zusammengestauchten Gepäck leicht zerbrechen würde. Wenn sie ihn nicht gleich dem ersten Händler verkaufte, sondern schlau mehrere fragte, musste sie bei aller Ahnungslosigkeit einen guten Preis bekommen.

Endlich die Silberdose. Sie war etwas größer als ihr Handteller, massiv und schwer und innen fein vergoldet, die auf dem herzförmigen Behältnis ziselierten Blüten hingegen wirkten leicht und elegant. So eine Duftdose besaßen friesische Bürgerfrauen nur, wenn sie in großen Häusern lebten, sie musste einigen Wert haben. Diese trug auf dem Deckel eine Krone, hübsch rund gemacht und gut poliert, damit sich niemand daran verletzte.

In der Nacht hatte Theda geträumt, ihre Patin begegne ihr, just auf einer der Brücken zum Dom, mit lächelndem Nicken, liebevoll, wie sie immer gewesen war. Und auch fürsorglich genug, Theda diese schöne Silberdose zu hinterlassen. Ja, sie hatte genickt, und im Traum war es Theda gewesen, als fühle sie eine aufmunternde und zugleich tröstliche Hand auf ihrem Scheitel, wie in jener Zeit, als sie gerade groß genug gewesen war, im Haus der Patin über die Tischkante zu schauen.

Die Dose war schon viele Jahre leer, doch immer noch barg sie einen ganz eigenen Geruch, denn sie diente dazu, ein besonderes, mit einer heilenden oder nur dem Wohlbefinden förderlichen Duftessenz getränktes Schwämmchen griffbereit zu haben. Nun roch es aus ihr noch ein wenig nach Kamille und Rosen. Theda schloss den Deckel und strich zart über sein Krönchen. Zu einem solchen Zweck, da war Theda nun ganz sicher, hatte die Patin ihr die Dose hinterlassen. Zum Verkauf in der Not. Sie war eine kluge Frau gewesen.

Es ging schon auf Mittag zu, als Theda und das Hündchen endlich das Haus verließen, um ihre Erinnerungsschätze zu verkaufen. Alle Tage verkauften Leute, ob arm oder reich, dies oder jenes, um für den Gewinn etwas anderes zu kaufen oder zu tauschen. Es war nichts Besonderes. Trotzdem kostete es Theda Überwindung, sie fühlte Scham, als stehe ihr auf der Stirn geschrieben, warum sie sich von der Dose und dem Rahmen trennen musste. All ihre Sünden und Dummheiten.

In der vornehmen Neuen Wallstraße gab es einen Goldschmied, der war ein freundlicher Meister. Theda hatte Madam Zoller dorthin begleitet, die eine silberne Konfektschale erstehen wollte, ein kostbares Geschenk für die ferne Schwiegertochter. Theda fasste allen Mut zusammen, doch just als sie die Klinke herunterdrücken wollte und in Gedanken schon das helle Türglöckchen hörte, erkannte sie durch die Scheibe, dass der zur Werkstatt gehörende elegante Laden voller Menschen war, allesamt reich gekleidet. Zwei Damen saßen auf zierlichen Lehnstühlen an dem für Kunden aufgestellten Tisch und nippten Kaffee, eine tätschelte dabei unablässig den kurzatmigen Mops auf ihrem Schoß, die andere hob gerade eine silberne Kanne mit einem Griff aus Ebenholz ins Licht – und blickte direkt in Thedas Gesicht. Erschreckt trat sie zurück und hastete davon.

Sie hatte nicht bedacht, dass die Besitzer solcher Läden und Werkstätten ihre eigene Art von Weihnachtsmarkt veranstalteten, indem sie während dieser Tage vor dem Fest in ihren besonders geschmückten und beleuchteten Räumen auch besonders kostbare Ware anboten. So ersparten sie sich selbst die Standgebühr, viel Arbeit und Verluste durch Diebereien, die in der schummerigen und ob des ewigen Gedränges unübersichtlichen Domkirche alltäglich waren, ihrer betuchten Kundschaft ersparten sie unredliche Händler, die Begegnung mit dem Pöbel und der Meute geschickter Taschendiebe. Reiche Leute besuchten den Markt im Dom wegen des Trubels und der Jahrmarktsvergnügen, um den Kindern Zuckerwerk und Spielzeug zu kaufen, vielleicht auch die Geschenke für die Dienstboten, Wertvolles kaufte man zumeist in den sicheren und vertrauten Läden.

Theda bog in den Jungfernstieg ein, überquerte zwischen Fußgängern, Karren und Fuhrwerken, Kutschen und Reitern die breite Straße entlang der Binnenalster und lehnte sich auf ein Geländer am Ufer. Es hatte lange nicht geregnet, die Straßen waren halbwegs passierbar, aber es war kalt, der Wind wehte scharf über das Wasser. Es kümmerte sie nicht, nur das Hündchen drückte sich zitternd und mit anklagendem Blick in ihre Röcke. Wie immer, wenn ihr Weg sie hier vorbeiführte, genoss sie den Blick über den See bis zum Lombardhaus und zur alten Holländermühle und zwischen den beiden weit aus der Stadt über den Alstersee. Das gab ihr ein Gefühl von Freiheit, von Weite, wie sie es von früher gewohnt war. Weites Land. Frische Luft. Hoher Himmel. Heute genoss sie den Blick weitaus weniger, was nur daran liegen konnte, dass das weite Land ihrer Erinnerung nun auch ihre Zukunft war, dass zwar das Land immer noch weit, ihr Leben dort hingegen eng sein würde. Ehrbar, unbedingt. Und erstickend eng. Nichts wünschte sie in diesem Moment so heiß, so sehnsüchtig, wie hierzubleiben, eine Anstellung zu haben, die ihr neben dem Lohn auch ein Zuhause wurde, dafür geachtet zu werden, vielleicht sogar gemocht.

Man bekommt nicht immer, was man sich wünscht, dachte sie vernünftig, und sah zwei Mädchen mit alten Gesichtern und in schmuddeligen, geflickten Kleidern nach, die vorbeieilenden Männern eindeutige Avancen machten und rasch in der Menge der Passanten untertauchten, als zwei streng blickende Uniformierte näher kamen. Anderen geht es schlecht, mir nicht.

Auch entlang des Jungfernstieges gab es Läden für teure Waren, ob Perücken aus feinstem Haar und nach neuester Mode frisiert, Hüte und anderen Kopfputz aus Paris, Schuhe und seidene Strümpfe, schmückendes Beiwerk, Borten und Knöpfe, echte Juwelen oder kostbar gekleidete Puppen aus London, prächtig gebundene und bebilderte Bücher, auch lehrreiche für neugierige Kinder, Kupferstiche, etliche koloriert. Die Händler für Mode- und Galanteriewaren machten jedoch die besten Geschäfte, auch die Verkäufer exquisiter Genüsse wie Käse aus der Schweiz, geräucherte Gänsebrüste aus Pommern, Elixiere für das Wohlbefinden, insbesondere nach schweren Mahlzeiten, hörten dieser Tage von früh bis spät die Münzen in ihrer Kasse klingeln.

Theda blickte durch die Glasscheiben der Türen, zweimal gewährte ein Fenster Einblick, und entschied schnell, hier werde man sie nur verächtlich behandeln, gar argwöhnen, sie habe ihren Silberschatz gestohlen.

«Komm, Hündchen», murmelte sie, drehte sich um und lief eilig, damit ihr warm werde und der Mut nicht abhandenkomme, über die Reesendammbrücke und zu St. Petri hinauf, bog in die nächste Straße und stand schon vor dem eigenen Portal des Schappendoms. Die Posaunenbläser waren noch nicht da, doch schon einiges Volk.

Schnell fand sie einen Händler, der auch Goldschmiedwaren verkaufte. Er drehte das für Theda so kostbare Silberherz hin und her, zog die Mundwinkel nach unten, verwies auf zwei Beulen, die allerdings nur er wahrnahm, auf den Geruch, die schlechte Legierung – nun, die Dose sei recht hübsch, doch von geringem Wert. Was er ihr bot, war deprimierend, es reichte nicht einmal für die Kutsche bis Bremen.

Bevor Theda entscheiden konnte, was nun zu tun sei, hörte sie ungeduldiges Räuspern, eine Hand legte sich schwer auf ihre Schulter, und als sie empört herumfuhr, blickte sie in ein griesgrämiges Gesicht, das alles andere als unsittliche Absichten zeigte.

«Hunde sind hier verboten», blaffte der Mann. Er war von Kopf bis Fuß schwarz gekleidet, sein ehemals weißes Hemd gelblich und stockfleckig, der fadenscheinige Rock an den Ärmeln voller Staub. Seine dunkle Perücke sah aus, als brauche sie dringend einen Kamm, sein Gesicht mit dem stoppeligen Kinn war bleich – kurz und gut, vor ihr stand kein glücklicher Mann. «Das hier ist ein Gotteshaus», knurrte er weiter, «auch wenn's grade nicht so aussieht, was wahrlich eine Schande ist, aber da kann man nichts machen. Hunde allerdings – raus damit. Sofort.»

Theda hatte nicht bedacht, dass das Hündchen ihr in die Domkirche folgen werde, sie hätte es auch nicht verhindert. Draußen war es kalt, und so ein kleines Tier im Gedränge konnte niemanden stören. Sie dachte daran abzustreiten, dass der Knirps im Fell zu ihr gehöre, da flötete eine süße Stimme: «Oh, so ein netter Hund.»

Ein Mädchen, das braune, zu vielen um den Kopf gelegten Zöpfchen geflochtene Haar voller bunter Seidenblüten und Papierkringel, strich über den Rücken des vor Schreck mal wieder zitternden Hündchens, das mit einem halbherzigen Knurren dankte.

«Er bellt nicht, er beißt nicht», fuhr sie munter fort und schenkte dem düsteren Alten ein schmelzendes Lächeln, «er ist der treueste Begleiter. Ach ja. Auch für die Dame dort drüben.»

Sie wies zu einer in ihrem Pelzkragen fast verschwindenden Matrone, die einen weißen Spitz auf dem Arm trug. Alle im Schappendom – außer Theda vielleicht und zwei Reisenden aus dem Kurfürstentum Bayern – wussten, dass sie Madam van Witten war, die ungemein einflussreiche Gattin eines Senators, eine der ersten Damen der Stadt. «Unsern Herrn Jesus nicht zu vergessen», nun bekam die Stimme des Mädchens einen strengen Ton, «jeder weiß, dass er auch so einen gehabt hat, ich meine, einen Hund. Bei Matthäus nachzulesen, aber gerade Euch muss ich daran natürlich nicht erinnern.»

Der alte Mann schnaufte knurrend, es ähnelte den seltsamen Geräuschen, die das Hündchen hin und wieder machte, dann hob er an zu sprechen, knurrte stattdessen noch einmal, drehte sich um und verschwand mit müde hängenden Schultern im Dunkel der großen Kirche, dorthin, wo die Tür zur Sakristei sein musste.

Theda sah ihm verblüfft nach, sah das Mädchen an, das mit breitem Grinsen neben ihr stand, die Arme triumphierend vor der Brust verschränkt.

«Ihr wisst nicht, wer das ist, oder?», fragte sie und fuhr gleich fort. «Das ist Bergmann, der Kirchendiener, es gibt hier nur noch den einen. Er ist wirklich ein armer Kerl, man sollte ihn nicht foppen. Ständig will er für Ordnung und fromme Andacht sorgen, und kein Mensch hört auf ihn.»

Theda war noch mit einer anderen Frage beschäftigt: «Jesus hatte einen Hund? Und das steht bei Matthäus? Ich kann mich gar nicht erinnern …»

«Papperlapapp, was weiß ich? Wer hat so ’n dickes Buch wie

die Bibel schon von vorn bis hinten gelesen? Jeder gute Hirte hat doch einen Hund, besser zwei oder drei. Und er war unser guter Hirte, unser Herr Jesus, der allerbeste, oder? Man soll da nicht kleinlich sein, finde ich. Der Alte lässt Euch nun in Ruhe, was wollt Ihr noch?»

Zum ersten Mal seit Tagen – vielleicht sogar seit Wochen? – lachte Theda. Es war ein warmes Lachen, voller Sympathie für dieses freche Mädchen, voller Bewunderung für dessen Findigkeit.

«Ich weiß schon, was Ihr noch wollt», fuhr das Mädchen fort und zog die verblüffte Theda am Ärmel ein paar Schritte mit sich. Der Händler, der noch mit der Gelegenheit gerechnet hatte, einer dummen Frau einen billigen Preis für ein gutes Stück zu bezahlen, blickte ihr mit verhaltenem Grimm nach. Dann wandte er sich neuer Kundschaft zu. Er kannte Elsi schon lange, sie glich immer mehr ihrer verschwundenen Mutter, das stimmte ihn milde. Die Posse mit dem Kirchendiener hatte ihn amüsiert, sollte sie nur das gute Geschäft machen. Es war Weihnachten, Zeit für ein bisschen Großzügigkeit. Im Übrigen ließ das nächste lebensfremde Weib in Geldnot gewiss nicht lange auf sich warten, im Dezember gab es besonders viele.

Erst viele Tage später fragte Theda sich, warum sie diesem fremden Mädchen vertraut hatte, obwohl es ihr nicht gerade als Muster an Tugendhaftigkeit dienen konnte. Sie war nicht so vermessen zu glauben, sie habe in solchen Angelegenheiten eine besonders gute Nase. Es war einfach passiert. Vielleicht hatte es sie auch beeindruckt, als Elsi ihr streng erklärte, sie dürfe keinesfalls so dumm sein, gute Waren zu billigem Preis herzugeben, das schade nicht nur ihr selbst, sondern auch anderen Händlern, den, nun ja, den redlichen, denn es verderbe die Preise. Vielleicht war sie auch einfach nur froh gewesen, nicht mehr allein zu sein, und wenn das Mädchen den für das Silberherz gebotenen Preis für schändlich hielt (so hatte sie gesagt), musste das bedeuten, sie werde ihr zu einem besseren verhelfen.

Und just das geschah.

Theda erkannte den Stand, zu dem Elsi sie führte, gleich wieder. Wegen des Porzellanengels, der immer noch inmitten des Trödels hockte, zwischen dem sie nun auch Stücke von einigem Wert entdeckte, wegen des ungemein ausladenden Bauches und des verschmitzten Gesichts des Trödlers, zuletzt auch, weil der Stand dem des Samenhändlers direkt gegenüberstand. Wenn sie nun doch noch einen guten Preis erzielte, wollte sie einige Tütchen für den Garten ihrer Mutter erstehen. Nur Blumen, dachte sie fröhlich. Meyer-Hohne hatte einmal gesagt, in Gottes freier Natur gebe es genug Blumen, dafür solle man keinen Quadratzoll Gartenerde verschwenden.

Theda merkte schnell, dass Anton Schaffer, der Trödler, der Vater des Mädchens war, da hatte Elsi – so sprach er sie an – schon die Verhandlung übernommen, und Theda hörte und sah mit wachsendem Vergnügen zu. Schaffer bot zu Anfang schon mit gequältem Gesicht fast das Doppelte wie der andere Händler, Elsi lachte nur spöttisch, schickte den Blick zum Himmel, lachte wieder – so war es drei Mal gegangen, dann war der Preis auf das Vierfache hochgetrieben. Da wandte das Mädchen sich wieder

Theda zu und sagte mit erwachsener Würde: «Das ist ein guter Preis. Ich an Eurer Stelle tät ihn annehmen.»

So wechselte das silberne Herz den Besitzer. Theda, die gedacht hatte, es werde ihr eigenes Herz – nun, nicht gerade brechen, aber doch sehr schmerzen, ging leichten Herzens auf den Handel ein, verkaufte ihm flink auch den goldenen Rahmen und fühlte sich wie befreit. Alles Bittere, das ihr während der letzten Wochen widerfahren war, das an ihr genagt hatte, war verflogen. Es würde wiederkommen, so schnell verging ein Schmerz auf Dauer nicht, aber jetzt, in dieser Stunde in der vernachlässigten alten Domkirche und zwischen lauter Fremden, fühlte sie sich leicht und beglückt.

Diesmal waren keine Krümel von der alten Säule heruntergebröselt, aber als Theda zu der Madonna hinaufsah, schien ihr, das Gesicht mit dem kleinen Mund und dem spitzen Kinn gleiche dem ihrer Patin und zwinkere ihr aufmunternd zu. Was natürlich Unsinn war, aber eine ihre Seele wärmende Phantasie.

Selbst das Hündchen, das sich wieder in ihre Röcke gekuschelt hatte, blickte nicht grantig oder mit diesem besonderen traurigen Hundeblick zu ihr auf, sondern ganz und gar zufrieden.

«Warum tust du das für mich?», fragte Theda das Mädchen und erschrak, weil sie diese Frage gar nicht hatte aussprechen wollen. «Ich heiße Theda», fügte sie rasch hinzu, um die Vertraulichkeit der Anrede wiedergutzumachen und Gleiches mit Gleichem zu vergelten, denn das Mädchen war jung, aber kein Kind mehr.

«Theda, aha.» Elsi lächelte milde und hob gleichmütig Schultern und Hände. «Ich konnt's wohl einfach nicht mit ansehen, wie du dich betrügen lassen wolltest. Außerdem hab ich dich vor ein paar Tagen bei der Holzbrücke gesehen, mit viel Gepäck. Wir fuhren gerade mit unserm Wagen vorbei, zum Aufbau hier im Dom. Da hast du schon ausgesehen, als könntst du Hilfe brauchen. Ab und zu.»

Ihr Blick war bei den letzten Worten über Thedas Schulter geglitten, plötzlich errötete sie, errötete so tief, dass es sogar im diffusen Licht des Schappendoms unübersehbar war. Theda wandte sich um, unbeabsichtigt indiskret, und sah gerade noch, wie der junge Samenhändler den Kopf hastig und tief über seine Listen beugte, mindestens so heftig errötet wie das Mädchen. Theda lächelte und hatte eine Idee, wie sie Elsi ihre Hilfe vielleicht vergelten könnte.

«Ich will ein paar Tütchen Blumensamen kaufen», sagte sie leichthin, «kannst du mir da auch helfen? Ich kenne mich gar nicht aus.»

«Nee.» Elsis Stimme klang unerwartet schroff. «Da kann man nicht handeln. Man kauft's zu seinem Preis oder lässt es.»

«Das meinte ich nicht. Es ist wegen der vielen Sorten. Ach, komm einfach mit, selbst wenn du dich da auch nur wenig auskennst, ist es doch schön, wenn ich nicht allein entscheiden muss.»

Es war etliche Jahre her, seit Madam Augusta den Dom das letzte Mal betreten hatte. Sie und ihre Familie gehörten zur wohlhabenden Gemeinde der St.-Katharinen-Kirche, kaum zehn Minuten entfernt. Heute war sie wie alle anderen nur um des Marktes willen hier. Sie hatte das Bedürfnis nach ein bisschen Unordnung und Tumult gespürt, nach Heiterkeit, und wollte sich zu überflüssigen Einkäufen verführen lassen, seien es die traditionellen Braunen Kuchen, eine paar hübsche Knöpfe oder eine zweifellos zu teure Puppe für ihre Großnichte in den fernen amerikanischen Kolonien. Kurz und gut, Madam Augusta hatte Lust auf Unvernunft. Solche Anwandlungen ereilten sie regelmäßig, meistens gab sie ihnen nach, was wie ihre Großzügigkeit zu den liebenswerten Zügen ihres Charakters zählte.

Nun stand sie in dem großen Hauptschiff und seufzte. «So ein stolzes altes Gotteshaus und so überflüssig», murmelte sie und bemühte sich vergeblich, den Vergleich mit einer alten Matrone zu vermeiden. Das war nur eine dumme Anwandlung. Madam Augusta fühlte sich sehr selten überflüssig, weil sie das Leben liebte und selbst geliebt wurde, zudem die nötigen Mittel hatte, es sich bequem und anregend einzurichten. Als sie ihren Mann und ihre Söhne verlor, hatte sie gewünscht, auch ihr Leben sei zu Ende. In gewisser Weise war es das auch, damals, vor so vielen Jahren. Nun lebte sie immer noch, eben ein anderes Leben, war darin zufrieden und gut aufgehoben. Manchmal fiel es ihr schwer, diese beiden Teile ihrer langen Geschichte als ein Ganzes zu sehen.

Sie überließ sich nicht gleich dem Marktgetümmel. In der Mitte des Hauptschiffs, das frei von Buden war, hockte auf dem längst ramponierten und noch länger leeren Grabmal eines vor Jahrhunderten in den unwirtlichen Norden verbannten Papstes ein Grüppchen Männer. Sie pafften ihre Pfeifen und amüsierten sich bei einem Würfelspiel. Gegen Abend würde wie alle Jahre ein Suppenkoch die große Steinplatte als Theke für seine Kundschaft besetzen.

Auf den Stufen zur Kanzel aus schwarzem Marmor, ehemals ein immens kostbares frommes Kunstwerk, nun grau von uraltem wie neuem Staub, der reiche Figurenschmuck ramponiert, hockte ein alter, ganz in Schwarz gekleideter Mann. Er sah tieftraurig aus, als finde er im Leben nur Tristesse. Madam Augusta war versucht, ihm ein Markstück in die Hand zu drücken, etwas an ihm hielt sie zurück. Etwas Würdiges. Womöglich beleidigte ihn eine solche Gabe.

Auch die zahlreichen an den Säulen und Wänden noch erhaltenen Epitaphe waren einmal mehr gewesen als Gedenktafeln für bedeutende oder auch nur reiche Familien oder Ämter, nun war von der Kunst ihrer Maler, Steinmetze und Schnitzer nicht mehr viel zu erkennen, von Alter und feuchter Luft waren sie geschwärzt und brüchig, hingen sie unbeachtet, vergessen gar, an ihren Plätzen.

Augusta fröstelte nicht nur, weil die Kälte durch ihren pelzgefütterten Umhang kroch. Dieser östliche Teil des Gotteshauses nahe dem heiligsten Bereich war am schmutzigsten und düstersten, in dunklen Ecken raschelte und raunte es. Augusta wollte nicht wissen, warum. Vielleicht waren es nur Mäuse. Wie konnten die Domherren, diese wohlhabenden hanseatischen Bürger, die im Auftrag der Hannoveraner die Kirche gegen gute Pfründe verwalteten, sie so verfallen lassen? Andererseits – was war eine uralte, in ihrer Gestaltung schon lange unpassend altväterliche Kirche ohne richtige Gemeinde? Noch ein Gotteshaus?

Sie drehte sich um, winkte Betty, dem Mädchen, das sie heute begleitete und nun fern der lockenden Buden fast so unglücklich aussah wie der Mann auf den Kanzelstufen, und beeilte sich, zu Licht und Gedränge zurückzukommen, zur Fröhlichkeit des weihnachtlichen Marktes. Sie steckte Betty das Silberstück zu, das sie dem Alten bei der Kanzel nicht hatte geben mögen – so ein Vergnügen war keines, wenn man es mit leerer Börse besuchte.

Als Madam Augusta alles gesehen hatte, nacheinander mit den Damen Bocholt, van Witten und Büsch geplaudert hatte, kaufte sie für ihre geizige Wandsbeker Freundin Amanda eine Schachtel edles Konfekt. Endlich erstand sie noch für ihren Großneffen Niklas, der seine Vorliebe für Käfer, Raupen, Schmetterlinge und anderes Kleingetier neu belebt hatte, ein kaum benutztes Buch über die Urwälder von Surinam mit besonders akkuraten und das Auge erfreuenden Bildern. Betty trug schon einen Beutel mit allerlei Flitter- und Glasschmuck für die Weihnachtspyramide im großen Salon, dem konnte Augusta nie widerstehen. Beim Blättern in Niklas' neuem Buch hatte sie ein besonders hübsches Bild von Spanischem Pfeffer gesehen, mitsamt einer dicken Raupe, die brauchte sie nicht, aber Sämereien würden der Frau ihres Neffen Freude machen. Anne war eine leidenschaftliche Gärtnerin, in ihren Glashäusern an der Außenalster mochte eine solche exotische Frucht gedeihen.

Der Markt füllte sich nun rasch. Zwischen den Reihen der Stände war gerade Platz für zwei nebeneinander flanierende Menschen, so kostete es einige Mühe, bis zur Malthus'schen Bude fast am Ende des Schappendoms vorzudringen. Er war weniger umlagert als die benachbarten Stände mit allem möglichen Trödel und Spielzeug, festlichem Zierrat und Zuckerwerk, nur zwei Frauen standen davor und ließen sich von Malthus' neuem Samenhändler den Inhalt seiner Tüten erläutern. Augusta hatte schon gehört, er sei ein einarmiger, aber gescheiter junger Bauer.

«Tagetes», sagte eine der beiden Frauen, als Augusta an den Stand trat, «ja, ein Tütchen Tagetes für den Rand des Gemüsegartens, das vertreibt auch die Blattläuse. Und für den vorderen Garten? Rote oder rot gepunktete Kapuzinerkresse? Sie hat keine rotblühende, nur gelbe. Oder doch Wicken? Was denkst du, Elsi?»

«Wenn Ihr erlaubt», der junge Mann hinter dem Stand beugte sich ein wenig vor und schob ein weiteres Tütchen in die Mitte des Tisches. «Wicken gibt es auch mit weißen Blüten, nicht nur wie früher in Rosa. Wenn Wicken einen guten Zaun haben, an dem sie ranken können, widerstehen sie trotz ihrer Zartheit dem Wind. Und es ist leicht, ihren Samen zu ernten. Er steckt in Schoten, wie bei Erbsen. Sie sind nämlich miteinander verwandt, die Wicken und die Erbsen. Für Rabatten eignet sich die Schleifenblume, besonders die weißblühende …»

«Mamsell Theda!» Natürlich war es äußerst unhöflich, mitten in ein Gespräch zu platzen, das fand Madam Augusta selbst, auch in eines, das nur dem Kauf von Blumensamen diente. «Theda? Ihr seid es doch, nicht wahr? Entschuldigt, wenn ich Euer Gespräch so unterbreche – ich war ganz sicher, Madam Zoller und Ihr wärt längst abgereist und über die Elbe. Was ist geschehen? Sie ist doch nicht krank?»

Theda war herumgefahren und blickte erschreckt in ein bekanntes Gesicht. «Oh, Madam Augusta. Nein, sie ist ganz wohl.» Theda spürte Hitze in ihren Wangen. «Ja, ich meine, nein, Madam ist nicht krank. Jedenfalls hoffe ich das, sie war gesund, als sie abreiste. Nur ein wenig traurig. Der Abschied fiel ihr schwer. Ja, traurig war sie wohl. Aber auf der Durchreise verbringen sie und ihr Sohn die Feiertage bei ihrer Tochter in Bremen.»

Madam Augusta nickte nachdenklich. «Genau so hat sie es bei unserem Abschied erzählt. Aber wieso seid Ihr dann noch hier? Ach, ich verstehe, es gab noch zu tun, die Wohnung zu räumen, diese vertrackten Schnitzereien an den uralten Schränken der Zollerin. Wirklich schöne Möbel, leider unpraktisch.» Sie stutzte und blickte Theda irritiert an. «Aber Ihr könnt doch nicht allein nach Antwerpen reisen. Und wieso –? Ich habe gehört, der neue Mieter sei schon eingezogen, jemand aus Göttingen, er wird Lehrer an Büschs Handelsakademie. Seid Ihr etwa jetzt bei ihm im Dienst?» Als Theda sichtlich verlegen den Kopf senkte, fuhr sie fort: «Ich will nicht neugierig sein, meine Liebe», sie zögerte erneut, legte den Zeigefinger ans Kinn und sah ihr Gegenüber forschend an, «aber genau das bin ich, Mamsell Theda, leider, ja, sehr neugierig.»

Theda fühlte Schweißtröpfchen auf ihrer Oberlippe. Nun war es endlich geschehen. Nun kam endgültig heraus, dass sie sich frech und wie ein Pirat in fremdem Besitz eingenistet hatte.

Aber Madam Augusta blickte freundlich. «War die gute alte Zollerin etwa so dumm, Euch zurückzulassen?», fragte sie. «Ihr seid doch kein Möbelstück, das man mit einer Wohnung weitervermietet.»

Theda hob den Blick. Da war Anteilnahme in der Stimme der reichen alten Dame, das Letzte, was sie erwartet hatte.

«Ich kenne den neuen Mieter nicht», sagte sie tapfer, weil die Wahrheit manchmal den einzigen Weg weist. «Madam konnte mich nicht mitnehmen, ihr Sohn hat gesagt, ich werde in Antwerpen nicht gebraucht, er hat genug Dienstboten. Ich sollte aber bis zu deren Rückkehr auf die Wohnung von verreisten Freunden Madam Zollers achtgeben. Deshalb», ihre Stimme wurde matt, «deshalb wohne ich noch ein paar Tage dort. In der Mädchenkammer hinter der Küche», versicherte sie, «nicht in den Wohnräumen, das würde ich mir nie erlauben.»

«Natürlich nicht.» Augusta kannte Theda als guten dienstbaren Geist der Zollerin, anderes hätte sie nicht angenommen. «Die Leute können froh sein. Im Winter wird besonders gerne eingebrochen, wenn eine Etage unbewohnt scheint. Wie lange müsst Ihr noch den Wachhund spielen?»

«Oh», Theda schluckte, «nur noch einige Tage, höchstens bis Anfang Januar, ja, so lange kann ich wohl bleiben. Und dann, nun …» Sie hüstelte, blinzelte und fuhr nach einem Atemzug in beinahe gleichmütigem Ton fort: «… und dann fahre ich zurück nach Aurich. Ich stamme von dort», sie lächelte eisern ein feuchtes Schwimmen in ihren Augen weg, «und soll dort heiraten. Ich meine, ich darf. Er ist ein Nachbar meiner Eltern, ein wichtiger Beamter. Sehr geachtet. Seine Frau ist kürzlich gestorben, nun schon die zweite, er braucht unbedingt eine neue Frau für sein Haus. Und für den Garten.»

«Ich verstehe. Vier Kinder? Ein *großer* Garten? Im Stall zwei Schweine, drei Ziegen, ein Dutzend Hühner? Kein Knecht für grobe Arbeiten?»

«Keine Schweine», flüsterte Theda, «ein *sehr* großer Garten, nur Gemüse. Kein Knecht, aber eine alte Zugehfrau, glaube ich. Sechs Kinder jetzt. Sicher sind es liebe Kinder, ich habe sie lange nicht gesehen. Überhaupt kenne ich nur die vier größeren, zwei Mädchen von nun sieben und acht Jahren, die beiden Jungen sind zwölf und vierzehn Jahre alt.»

«Die Jungen werden keine Hilfe sein», sagte Madam Augusta streng. «Just in diesem Alter machen junge Herren nur Ärger und Arbeit. Ihr braucht dort unbedingt eine tüchtige Magd, das müsst Ihr einfordern.» Das war leicht dahingesagt, Augusta bereute es sofort. Thedas Gesicht verriet alles.

«Vielleicht könnt Ihr es noch einmal überlegen», schlug Augusta behutsam vor, «die Zollerin hat nur das Beste von Euch gesagt, Ihr werdet hier in der Stadt, drüben in Altona oder auf einem der nahen Landgüter leicht eine neue Anstellung finden.»

Theda schüttelte den Kopf. «Nicht so schnell und nicht zu dieser Zeit. Glaubt mir, Madam, ich habe es wirklich versucht.»

Als Madam Augusta zurück zum Hauptschiff ging, ihr widerwilliges Mädchen im Gefolge, als sie endlich im Durchgang zur Turmhalle verschwand, fühlte Theda plötzlich tiefe Traurigkeit, für einen unbeherrschten Moment war sie der Verzweiflung und Mutlosigkeit ganz nah. Stärker noch als in den Minuten, die sie Madam Zollers Kutsche nachgesehen hatte.

Aber jetzt war kein Moment, wirre Gefühle zu prüfen. Elsi hatte während ihres Gesprächs mit Madam Augusta nach ersten neugierigen Blicken die Gelegenheit genutzt und Anders Gödeke zuerst schüchtern, aber von Anfang an entschlossen und zunehmend munter, zu einem Gespräch über die Gärtnerei verführt. Noch habe sie ja keinen Garten, sie erinnerte sich leider nur zu gut, dass er das wusste, aber bis das so weit sei, wolle sie ein Beet im Hinterhof ihres Hauses anlegen. Es gebe dort wenig Sonne, sicher könne er ihr raten, was da zu tun und was am besten in schon bereitstehende Töpfe und Wannen zu pflanzen sei.

Nicht nur Elsi, auch Anders, dieser ernste und steife junge Mann, wurde von Minute zu Minute, man konnte auch sagen von Blumennamen zu Blumennamen, lebhafter, der Blick seiner Augen verlor sogar den Ausdruck eines alten müden Mannes.

Aber als Theda sich ihnen wieder zuwandte und zufrieden feststellte, wie gut ihr kleiner Plan aufgegangen war, trat Anton Schaffer auf.

So muss man es nennen, denn seine Ankunft glich wahrhaftig einer Bühnenszene. Immerhin brüllte er nicht, was sowohl übertrieben als auch geschäftsschädigend gewesen wäre (außerdem hätte seine Tochter es ihm mit tagelangem zornigem Schweigen vergolten, was er am meisten fürchtete). Plötzlich stand er hinter ihr, knurrte Anders zu, er solle seinen Tütenkram verkaufen, wem er wolle, seine Tochter brauche so was nicht, und zog Elsi mit eiserner Hand zurück zu seinem Stand.

Theda sah Anders' vor Scham zuerst tief gerötetes, dann weißes Gesicht, sah den Zorn in Elsis Augen und dachte, der Anfang sei trotzdem gemacht. Womit sie an diesem Tag noch nicht wirklich recht hatte, denn noch war ungewiss, was aus zwei Verliebten werden sollte, die nicht füreinander gemacht waren. Andererseits – wer kann sich schon anmaßen zu wissen, wer für wen gemacht ist.

Für Theda war es höchste Zeit, den Erlös für das Silberherz und den goldenen Rahmen in Sicherheit zu bringen, und das Hündchen, das sich wieder still in ihre Röcke gedrückt hatte, als wolle es sich unsichtbar machen, trippelte schon ungeduldig auf der Stelle. Sie drängte sich durch die inzwischen unübersehbar gewordene Menge, lief im Hauptschiff an der Turmhalle vorbei, zögerte, weil sie sich vorgenommen hatte, den Lukasaltar in der Marienkapelle hinter dem Turm anzusehen. Der alte Maler, der im Kreuzgang nahe bei den auch ihm ein bisschen Wärme spendenden Wurstrosten mit seinem Rötelstift Kinderbilder zeichnete, hatte erzählt, es sei kein großer, aber ganz besonders kunstreicher Altar. Außen seien die beiden Flügel nur bemalt – allerdings wunderbar. Geöffnet sehe man in einer großen geschnitzten Szene vor einer Reihe von Kirchenvätern Lukas, wie er an der Staffelei sitze und die Madonna mit dem Kind male. Sie möge ihn übrigens bald ansehen, nicht nur weil Lukas der Schutzpatron der Maler sei, nein, es gebe Gerüchte, man wolle den Altar verkaufen. Andere besagten sogar, der ganze Dom werde bald abgerissen, dann sei es aus mit der alten Kunst. Die möge ja heutzutage keiner mehr, man werde die Altäre, Statuen und Gemälde wer weiß wohin verschleudern oder gleich zum Unrat werfen. Es sei eine Schande. Dann verstehe man endlich, warum an einer der Wände dieser Domkirche ein großer, Dudelsack spielender Esel abgebildet sei.

Ein andermal, dachte Theda und vergaß, dass ihre Tage in dieser Stadt gezählt waren. Nun wollte sie dem Gedränge entkommen, sie brauchte frische Luft und den weiten Blick.

«Komm, mein Hündchen.» Sie blickte auffordernd zu ihm hinunter, es sah vergnügt aus, und da fühlte auch sie eine Prise Übermut. Gegen alle Vernunft, von Schicklichkeit nicht zu reden, bewegten sich ihre Füße von allein, liefen und hüpften durch die nur unwillig Platz machenden Menschen. Erst als sie das Portal passiert hatte und ihr die Dezemberluft ernüchternd entgegenschlug, blieb sie stehen. Und schämte sich. Nur gut, dass sie die Stadt verlassen musste, denn spräche sich herum, Theda Harling, ehemals Mamsell der Madam Zoller, habe sich auf einem öffentlichen Markt benommen wie ein wildes Kind oder – viel schlimmer noch – eine Betrunkene, dann wäre ohnedies jede Aussicht auf eine neue Stellung verspielt.

Sie hatte das Gefühl, alle Welt starre sie an. Es war Nachmittag, die schmalen Straßen um die Domkirche waren belebt, aber niemand beachtete sie. Nur das Hündchen zu ihren Füßen sah anklagend zu ihr auf und gab wieder seine seltsamen kleinen Laute von sich. Es klang auffordernd, und so machte Theda sich auf den Weg. Doch nicht auf dem kürzesten zurück zur Mattentwiete, der Tag war ja noch lang.

Sie ging rasch, denn es war kalt, und im großen Bogen zum Fluss hinunter, in die Nähe des Hafens. Sie lief durch enge Gassen und über Brücken, passierte den Messberg, der keiner war, sondern nur ein Platz im Südosten der Stadt kurz vor dem Deichtor, hinter dem im Holzhafen Tausende die Elbe abwärtsgeflößte Stämme lagerten. Sie passierte wieder eine Brücke, eine besonders düstere Twiete und fand sich auf einem schmalen Stück Weg entlang eines Fleets zwischen hoch aufragenden, zumeist in alter Fachwerkmanier gebauter Häuser und Speicher und dem glucksenden Wasser wieder, nach kaum mehr als dreißig Schritten ging es in den nächsten engen Gang und wieder vom Fleet weg. Theda war nie zuvor hier gewesen, wahrscheinlich war sie auf eine der Brookstraßen auf der Wandrahminsel geraten. Wenn sie der weiter nach Westen folgte, wo wolkenverhangen eine bleiche Sonne unterging, und ein oder zwei Brücken passierte, erreichte sie schnell die Mattentwiete und die Reimann'sche Wohnung und – wenn sie es wollte – den Binnenhafen und das Baumhaus mit seinen feinen Restaurants, dem Fähranleger und dem Zollhaus. Von dort sah man zwischen den Masten großer, über das Meer in die ganze Welt fahrender Schiffe weit in den Fluss hinaus.

Im Hafen lagen kaum noch fremde Großsegler, jeden Tag war

nun mit großer Kälte zu rechnen, die den Fluss im Eis erstarren ließ und die Schiffe einschloss, festhielt und an ihren Rümpfen nagte. Fast alle, die hier festgemacht waren, würden den Winter über bleiben. An den Ufern der Inseln und am Hamburger Berg vor Altona lagen schon etliche, gestrandeten Walen gleich, an Land, um für das kommende Frühjahr neu kalfatert und auch sonst ausgebessert und repariert zu werden.

Näher am Hafen waren dann wieder viele Menschen, hier hingegen, so stellte sie mit Unbehagen fest, war niemand. Hinter den Fenstern und Türen natürlich, auf den vielen Böden der Speicher, sie hörte auch Arbeitslärm aus einer Werkstatt, aber dieser von keinem noch so niedrigen Mäuerchen oder Geländer begrenzte, keine zehn Fuß breite Streifen entlang des schwarzen Wassers lag gänzlich verlassen. An dem mit Vorsetzen verstärkten Ufer waren Ruderboote und Schuten festgemacht, aber auch auf dem Wasser war jetzt niemand unterwegs. Doch, da waren plötzlich Menschen, zwei Gestalten, von denen ihr allerdings lieber gewesen wäre, sie wären nicht da. Zwei schmutzige Kerle, unter runden Hüten zottiges Haar, sie stanken nach Fusel und altem Dreck, nach den jauchigen Gängen hinter St. Jakobi. Nach Elend.

Theda hatte eine mitfühlende Seele, aber diese beiden sahen aus, als ginge man ihnen besser aus dem Weg.

«Na, Madamken, schöner Tag heute, was?», lispelte der Jüngere. «Gutes Geschäft gemacht, was? Das ham wir gesehen, unsereiner hat ja nichts zum Ausgeben, aber im Dom isses dieser Tage warm, da sind wir gern. Und wenn wir dann so ’ne nette junge Madam sehen, die viel zu viel Geld in die Finger kriegt –

wird von Weibern nur verschwendet, weiß jeder. Da muss man doch helfen, was?»

Sein älterer Kumpan lachte scheppernd, der Jüngere drückte ihm warnend den Ellbogen in die Seite und ließ seinen Blick eilig über die Fenster gleiten – niemand beachtete sie.

«Mach schnell, Madamken, wir ham keine Zeit. Gib uns dein Silber, und alles ist gut. Wenn nich', also ich weiß nich', wär mir unangenehm, aber ich müsst' mich überwinden und 'ner Dame was antun.» Die beiden waren nun ganz nah; anstatt sich auf dem Absatz umzudrehen und davonzulaufen, war Theda wie versteinert stehen geblieben, was wieder furchtbar dumm, aber nicht mehr zu ändern war. Der Ältere, der mit dem Scheppern in der Stimme, schob sich flink an ihr vorbei und schnitt den Fluchtweg ab. «Nu gib schon her! Isses im Muff?»

Ein Knurren antwortete ihm, zugegeben ein zartes Knurren, kleine Tiere schaffen leider kein stärkeres, das Hündchen hatte sich todesmutig aus sicherer Deckung hinter Thedas Röcken hervorgewagt, von den Ohrbüscheln bis zu den Pfoten zitternd, bereit zur Verteidigung, was den Straßendieb ziemlich amüsierte.

«Guck mal an, 'ne Ratte. Die kann man sicher auch verkaufen. Man kann alles verkaufen, sogar gescheckte Ratten.»

Seine großen Hände schnappten zu, schon zappelte das Hündchen wie im Schraubstock vier Fuß über der Erde und schnappte aufjaulend nach Luft.

Endlich spürte Theda heißen Zorn und wollte sich ganz und gar unvernünftig in den Kampf um den kleinen Hund werfen, bevor der Kerl ihm alle Rippen brach. Da fühlte sie sich rasch und entschieden beiseitegeschoben, glücklicherweise zur Häuserseite, sonst wäre sie im Wasser gelandet.

«Verschwinde, mein Freund!» Die Stimme des Mannes klang ruhig, jedoch auf diese Weise, die keinen Zweifel lässt, dass das sich änderte, wenn man die Aufforderung ignorierte. «Dein Kumpan ist schlau, der ist schon weg. Wirklich, es ist viel gesünder für dich, wenn du auch verschwindest. Und zwar ohne den Hund. Hörst du? Setz den Hund auf die Erde und hau einfach ab.»

Die letzten Worte klangen gar nicht mehr ruhig, nicht einmal beherrscht. Thea sah einen hochgewachsenen Mann, das ungepuderte, dunkelblonde Haar im Nacken nur locker gefasst. Er stand zwischen ihr und dem Dieb und zog seinen Degen, er sah nach einem bescheidenen Galanteriedegen aus, aber auch der hatte eine Klinge. Der Dieb gab gleich auf und drehte sich um, Theda hörte ein böses Lachen, und dann flog das Hündchen im hohen Bogen in das eiskalte Fleet.

Am Ende ihres Ausflugs in die Domkirche hatte Madam Augusta schrecklich kalte Füße gehabt und sich nach einer heißen Schokolade gesehnt, die niemand so gut zu kochen verstand wie die Köchin im Herrmanns'schen Haus. Endlich im kleinen Salon in ihrem liebsten, ganz nah an den großen weißen Kachelofen gerückten Sessel und nach der zweiten Tasse Schokolade fragte sie sich, warum sie nicht gleich eine Entscheidung getroffen hatte. Diese Zauderei war sonst nicht ihre Art. Andererseits war das eine Entscheidung, die lange nachwirkte, also gut überlegt sein wollte. Oder nicht?

Sie hatte ja schon gewusst, was sie sich wünschte. Morgen, entschied sie, morgen. Sie gönnte sich wie immer in unruhigen Momenten ein Schlückchen ihres berüchtigten Rosmarinbranntweins und überlegte, wann sie am nächsten Tag Zeit finden könnte, noch einmal mit Theda zu sprechen. Es war immerhin der Tag, der in den Heiligen Abend mündete, voller Familienrituale und Geheimnisse, immer wieder durchbrochen von Momenten plötzlicher Hektik bei den Vorbereitungen für die folgenden feierlichen Tage.

Erst beim Frühstück am nächsten Morgen sollte ihr einfallen, dass sie überhaupt nicht wusste, wo sie Mamsell Theda finden konnte.

Sie kannte den Mann mit dem Degen nicht, er sah sie aufmerksam an, sein prüfender Blick war ihr unbehaglich.

«Geht es Euch gut?», fragte er. «Bin ich rechtzeitig gekommen?»

Theda konnte nur nicken, ihr Hals war wie zugeschnürt, alles war aufregend und erschreckend, so verwirrend. Und der kleine Hund? Der war gleich wieder aufgetaucht, jaulte schrill, nun doch mit erstaunlicher Lautstärke, und paddelte, mit seinen dünnen Beinen hektisch aufs Ufer zuhaltend, den Kopf hoch aus dem Wasser gestreckt. Schon sprang der Mann in eines der am Ufer liegenden Boote hinunter und beugte sich weit vor. Das Boot schwankte gefährlich, aber es war gut festgemacht und das Tau zu kurz, um ein Kentern zu erlauben. Zwei Minuten später kletterte er mit dem nassen Fellbündel auf dem Arm zurück auf die Straße.

Er löste sein gegen die Kälte um den Hals geschlungenes Wolltuch, hüllte das zitternde Tier ein und legte es Theda behutsam in die Arme.

«Danke», Theda barg das Hündchen wie ein Wickelkind unter ihrem Umhang, «ich weiß nicht, was ich getan hätte, wenn – nun, wenn Ihr nicht gekommen wärt. Wirklich, ich bin schrecklich dankbar.»

Sie hätte noch mehr höfliche Worte sagen müssen, ein Gespräch beginnen, nicht zu vertraulich, auch nicht kalt, sie hätte … ja, das fiel ihr später ein. Jetzt fiel ihr nur ein, noch einmal dankend den Kopf zu beugen, Unverständliches zu murmeln und davonzulaufen, dorthin, wo nun eine Gruppe von Arbeiterinnen einen der Speicher verließ und den Heimweg antrat, wo sie schnell wieder in einen Strom von Menschen eintauchen und unsichtbar werden konnte.

Der 24. Dezember war in diesem Jahr ein Freitag. Fromme Menschen mochten daran denken, dass so der Tag der Geburt des Herrn auf den Wochentag seines Todes fiel, was wiederum an den irgendwann geschlossenen Kreislauf eines jeden Lebens erinnerte. Die meisten allerdings dachten an einem Freudentag – den sollte ein Geburtstag nun mal bedeuten – nicht an den Tod, auch nicht an den Karfreitag, den höchsten Feier- und Bußtag der evangelischen Christen. Nun standen Tage der Freude bevor, und wenn dieser 24. Dezember auch noch ein Arbeitstag war, durchzog den üblichen Lärm der großen Stadt ein heiteres Summen.

Für die Marktleute im Dom war dieser Tag sogar besonders arbeitsreich, bis zum frühen Abend sollten Stände, Buden und Menschen Kirche, Hof und Kreuzgang geräumt haben, mussten die sich vor den Portalen stauenden Wagen, Karren und Fuhrwerke beladen und zu Hause wieder abgeladen werden. Traditionell war der sonst erst zur Mittagszeit öffnende Markt an diesem kurzen letzten Tag vom Morgen an voller Menschen, die noch ein Geschenk suchten und so kurz vor Toresschluss auf niedrigere Preise hofften oder noch einmal herumschlendern und etwas von dem Zauber mit in die dunklen Winterwochen nehmen wollten.

Gegen Mittag fielen die Spatzen ein und taten sich munter tschilpend an der reichen Ernte von Krümeln gütlich, die mit dem Abbau der Tische zum Vorschein kamen. Niemand wäre auf die

Idee gekommen, sie zu verscheuchen, zum einen war das sowieso unmöglich, zum anderen ging die Mär, ihre Nähe bringe ebenso Glück wie die ersten Schwalben im Frühling.

Anton Schaffer hatte in diesem Jahr besonders gute Geschäfte gemacht, was nicht zuletzt an Elsis Eifer und Geschick lag. Sogar die silberne Herzdose, die er seiner Tochter zuliebe – der Teufel mochte wissen, was neuerdings in das Kind gefahren war! – dieser braven Mamsell teuer abgekauft hatte, war er noch teurer wieder losgeworden. Ein gutes Omen für das nächste Jahr. Und die warnende Krümelei von oben, von der schläfrigen Madonna auf dem Podest an der Säule, hatte auch bald aufgehört. Beide Schaffers waren zufrieden und gut gestimmt, sie mochten diesen letzten Markttag, der stets in gemütlich zusammensitzender Runde ausklang.

Das meiste war schon eingepackt, auch der Engel, den niemand für den geforderten Preis haben wollte. Schaffer hatte zuerst knurrend, dann nachsichtig bemerkt, wie Elsi stets einen viel zu hohen Preis nannte. Sie hatte sich in den kleinen dicken Kerl verliebt, ganz klar. Sollte sie ihn behalten. Immer noch besser, ihre Liebe galt einem Porzellanengel mit angestoßener Nasenspitze als einem einarmigen Bauern ohne Land.

Die Menge der Besucher wurde heute rasch dünn, vom Friedhof hörte man schon die großen Kellen in den Kesseln die letzten Suppenportionen zusammenkratzen. Die Glut der Feuerstellen war zugedeckt, noch ein oder zwei Stunden und die Händler löschten die Reste. Der griesgrämige Kirchendiener und mehrere Doppelpatrouillen von Soldaten hatten nun ihre Augen überall, damit nicht jetzt noch ein Feuer ausbrach, Unrat liegen blieb (was natürlich trotzdem geschah) oder jemand etwas mitnahm, das dem Domkapitel gehörte. Man wusste ja, wie diese Marktleute waren.

Gleichwohl herrschte eine schöne Stimmung. Viel Arbeit war fast geschafft, auch gut dabei verdient, schöne Tage standen bevor, bald auch ein neues Jahr. Wie jedes Mal am Ende des Weihnachtsmarktes nahm Schaffer einige Markstücke aus seiner Kasse und steckte sie in seine Westentasche. Es war verboten, trotzdem würden sich die Bettler vor die Domtüren hocken und wie alle Jahre an diesem Tag von den Soldaten übersehen werden. Bevor er auf seinen bepackten Wagen stieg, verteilte Trödler Schaffer ein bisschen Geld an sie. Großzügig bemessen, wegen Weihnachten und als Dank an höhere Mächte, weil ihm und seiner Tochter dieses Schicksal erspart geblieben war. Als Abbitte für seine Sünden? Das konnte auch nie schaden.

Er rückte den abgeräumten Tisch ein paar Zoll zur Seite, als Mieke, die Buchbinderin, mit zwei Hockern kam, Servatius, der Knopfmacher, hatte gewiss schon eingepackt und würde gleich seine Bank bringen, Henner und Mette aus dem Hof den Rest ihrer Würste und den – hoffentlich – noch größeren Rest in ihrem Punschkessel. Weihnachten war ein heiliges Fest und ein Fest der Familie, die schönste Stunde war aber diese hier, wenn der Markt zu Ende ging, die Posaunenbläser schon ziemlich schräg die letzten Choräle bliesen und ein paar alte Freunde mit dem, was noch aufzuessen und leer zu trinken war, zusammensaßen. Eigentlich, dachte Schaffer und stellte drei Kerzenleuchter auf den Tisch, waren für einen, der nur eine Tochter hatte, diese Leute hier die Familie. Der Gedanke gefiel ihm.

Anders Gödeke, Malthus' junger Samenverkäufer, hatte beim Abbau seiner Bude Hilfe bekommen. Er schien es nicht eilig zu haben. Während ein Malthus'scher Arbeiter und der Junge, der ihm schon während aller Markttage geholfen hatte, die Bude abbauten, sortierte Anders seelenruhig die Reste seiner Tütchen, verstaute so umständlich wie sorgfältig die noch gefüllten größeren Behältnisse in Körben, als bereite er sie für eine Reise über ferne Ozeane vor. Schaffer blickte stirnrunzelnd zu ihm hinüber. Sah eigentlich ganz manierlich aus, der Junge. Auf alle Fälle schlau. Wenn Malthus ihn eingestellt hatte, musste irgendwas an ihm dran sein. Andererseits – einarmig blieb einarmig.

«Schau mal, Vater, wen ich im Hof entdeckt habe. Ich hab sie eingeladen, mit uns den letzten Punsch zu trinken. Aniskringel hab ich auch gekauft, die letzten, Elwa sagt, in diesem Jahr will alle Welt nur Aniskringel. Setz dich, Theda, gleich kommen die anderen, und dann fängt Weihnachten an.»

In diesem Moment setzten die Posaunenbläser ein, sie hatten ein Gutteil ihrer heutigen Einnahmen für Punsch ausgegeben (aus dem Kessel *mit* dem Arrak), erst bei der zweiten Strophe war Thedas Lieblingsweihnachtslied zu erkennen: «Es kommt ein Schiff geladen bis an sein' höchsten Bord …» Es war ein sehr altes Lied und trotz der Weihnachtsbotschaft voller Melancholie, hin und wieder wurden ihre Augen feucht, wenn sie es sang. Heute nicht. Heute war sie heiter, wenn sie auch nicht recht wusste, warum. Sie hatte das Weihnachtsfest niemals zuvor allein verbracht, ihre

Zeit in Freiheit lief bald ab, mit jedem Tag schneller, obwohl sie sich mit jedem Tag mehr daran gewöhnt hatte, ihre Zukunft war trübe – aber sie war heiter. Es waren verwirrende, beängstigende, zugleich wunderbare Stunden und Tage gewesen. Und sie waren ja noch nicht vorbei. Noch nicht.

Hocker und Bank um den Tisch waren schnell besetzt. Der Knopfmacher kam als Letzter, er schenkte Elsi zwei hellblaue Glasknöpfe, bevor seine Frau kam, um ihn – auch das wie alle Jahre – mit dem Bollerwagen abzuholen. Es war vorgekommen, dass Servatius selbst den Platz darin brauchte, diesmal wollte er nüchtern bleiben, jedenfalls halbwegs, der Bollerwagen konnte seine Knopfkästen und anderen Utensilien aufnehmen. Die Buchbinderin – Elsie war nicht gut auf sie zu sprechen –, ihr Mann und der Lehrjunge waren auch da, die Hände noch dunkel vom Leim.

Der Punsch wurde verteilt, ein Teller mit den verschrumpelten letzten Würsten stand auf dem Tisch, ein Laib dunkles Roggenbrot, eine Kanne Bier und Elsis Aniskringel. Die Buchbinderin hatte noch eine Kostbarkeit aus ihrem Keller beigesteuert, acht dunkelrote, noch ganz saftige Äpfel, Schaffer ein Töpfchen nach gebräunten Zwiebeln duftendes Griebenschmalz. Theda fühlte sich wieder wie im Theater, alle erzählten Schnurren von den Begegnungen der letzten Tage und Abende, am liebsten von seltsamer Kundschaft aus besseren Kreisen. Niemand, so fiel ihr auf, klagte.

Das Räuspern hinter ihren Rücken wurde nicht gehört, erst beim dritten Mal war es unüberhörbar, das Geplauder brach ab, und alle sahen sich um.

Anders Gödeke stand im Gang, ein schlichtes Körbchen in der Hand, aus dem einige seiner akkurat beschrifteten Tüten ragten. Er sah Elsi an, alle schwiegen. Die Buchbinderin spürte, als sie gerade den Mund aufmachte, einen warnenden Tritt am Schienbein; ohne zu wissen, wessen Fuß das gewesen war, machte sie den Mund wieder zu.

«Elsi», sagte Anders, «du hast mich gestern was gefragt, und dann hast du vergessen, ja, ich glaube, du hast vergessen, die Blumensamen mitzunehmen. Ich möchte sie dir schenken. Für die Töpfe in eurem Hof.» Seine Stimme zitterte nur ein ganz klein wenig, aber alle am Tisch verstanden, dass es ihn Mut gekostet hatte. Anders räusperte sich und fuhr fort: «Wenn du magst, kann ich dir erklären, was du tun musst, damit alles gut gedeiht. Es ist nicht schwer.»

«Himmeldonnerwetter!», polterte da Anton Schaffer los, dann breitete sich ein Grinsen auf seinem runden Gesicht aus. «So ’n Angebot kannst du nicht ablehnen, Töchting, auf keinen Fall. Nun setz dich schon, Anders. Oder willst du im Stehen weiterreden? Rück mal ’n Stück, Servatius, der junge Herr soll nicht über den Tisch schreien, wenn er was mit meiner Tochter zu bereden hat. Gibt’s noch Punsch? Oder trinken Einarmige kein’ Punsch?»

Eine Sekunde herrschte betretenes Schweigen – dann nickte Anders ernsthaft. «Doch», sagte er, «wir Einarmigen trinken gerne Punsch. Besonders zu Weihnachten mit Trödlern.»

Und obwohl bis zu den Haarwurzeln errötet, hob er das Kinn und grinste breit. Es sah aus wie ein Siegerlächeln. Da lachten alle, die meisten vergnügt, manche erleichtert, eine hämisch, wie die Menschen eben sind. Die Stimmung jedenfalls war wieder fabelhaft.

Und schließlich tauchte noch Madam Augusta auf. Diesmal war sie in Begleitung des Stallmeisters, weil niemand sonst im Haus an diesem Tag Zeit gehabt hatte und sie sich, eingedenk ihres Alters, des kalten Wetters und der Geschäftigkeit des Tages, erlaubt hatte, anspannen zu lassen. Nur den kleinen, halboffenen Wagen, sie würde schon nicht erfrieren. Brooks war ein freundlicher Mann, was man ihm auf den ersten Blick nicht ansah, neben der rundlichen alten Dame im teuren Mantelumhang wirkte er wie ihr Zerberus. Genauso sah er seine Rolle im Durcheinander des in Auflösung begriffenen Dommarktes.

Madam Augusta nickte Servatius freundlich zu, er hatte schon eine Menge Knöpfe für sie gemacht, dann auch dem Buchbinderpaar. Theda hatte sich gleich erhoben, nicht das Hündchen bedenkend, das sich auf ihrem Schoß, unter dem Umhang unsichtbar, zusammengerollt hatte. Mit erschrecktem Japsen rutschte es auf den Boden.

«Was für eine frohe Runde», sagte Madam Augusta. «Ach, Ihr habt schon eingepackt?», wandte sie sich an Anders Gödeke, «natürlich, ich bin viel zu spät. In den ersten Januartagen komme ich zu euch in die Gartenkate, da könnt Ihr mich in Ruhe beraten. Das wird ohnedies besser sein.» Dann wandte sie sich Theda zu: «Ich habe sehr gehofft, Euch hier zu treffen oder jemand, der weiß, wo Ihr zurzeit wohnt. Ich habe da so eine Idee, eine sehr gute Idee, wie ich finde. Deshalb brauche ich ein paar

Minuten Eurer Zeit. Vielleicht gefällt Euch mein Vorschlag, natürlich habt Ihr Bedenkzeit. Ja, lange genug Bedenkzeit. Zuerst müsst Ihr gewiss zu einem Familienbesuch nach Aurich reisen, nach all der Zeit. Vielleicht können wir ein wenig im Hof auf und ab gehen.»

Das bedauerten alle am Tisch sehr, die Buchbinderin neigte sogar dazu, die hochgeehrte und gute Kundin Madam Augusta Kjellerup für unfreundlich zu halten. Was eine solche Dame mit einer unbedeutenden Mamsell zu besprechen hatte, interessierte alle brennend. Wäre Elsi nicht gerade aufs angenehmste mit ihren eigenen Träumen und ihrem größten Wunsch beschäftigt gewesen, hätte sie die passende Überlegung preisgeben können. Sie war die Einzige, die von Thedas größtem Wunsch wusste.

Es dauerte nicht lange. Madam Augusta und Brooks hatten den Dombezirk durch das nördliche Tor verlassen, die Kutsche wartete im Speersort, Theda kam allein zurück. Die Runde war nun um Servatius' Ehefrau verstärkt, gerade wurde debattiert, ob es verrückt oder sogar heidnisch sei, ganze Tannenbäume in Wohnstuben aufzustellen, nur weil Weihnachten war, Anders erinnerte daran, dass es in diesem feuchten flachen Landstrich sowieso kaum Tannenbäume gebe und die wenigen viel zu teuer seien. So wurde Theda trotz der allgemeinen Neugier nicht gleich bemerkt. Anton Schaffer sah, dass sie bei der Säule stand und ihr Gesicht verändert war. Ihm schien, sie habe geweint, was aber nicht zu dem seltsam beseelten Lächeln ihrer Augen, ihres ganzen Gesichtes passte.

«Und?», fragte er und hob aufmunternd die Brauen, als sie

nur schweigend dastand, obwohl das Gespräch der anderen in Erwartung einer Erklärung abgebrochen war.

«Nun sag schon», rief Elsi, «ist es, was ich denke? Bleibst du hier?»

«Wenn ich will.» Theda nickte. «Ich kann darüber nachdenken. Sie möchte mich in ihren Dienst nehmen. Als ihr Mädchen und, so hat sie gesagt, ihre Gesellschafterin. In dem großen Haus der Herrmanns' auf der Wandrahminsel. Keine Schweine, keine Ziegen, keine Böden scheuern. Der Garten voller Blumen …»

Die ein bisschen wirre Aufzählung blieb den meisten kryptisch, was jedoch kaum störte. Anders nickte lächelnd, er hatte von diesem Garten schon oft gehört, Elsi umarmte Theda stürmisch, Servatius und Schaffer klopften mit ihren Bechern auf den Tisch, und die Buchbinderin sagte, das sei ja schön, ein großes Haus, eine gute Familie, überall tadellose Öfen, großer Lustgarten vor den Toren, eine Prinzessin werde man da aber auch nicht.

Theda hörte nicht zu, sie wäre im Übrigen ganz anderer Meinung gewesen.

Es war nun Zeit, einer nach dem anderen machte sich auf den Heimweg. Die Posaunenbläser hatten sich schon einen anderen Standort bei den großen Gasthäusern in der Steinstraße gesucht, um noch ein paar letzte Schillinge zu verdienen.

Auch Theda verabschiedete sich. Sie hatte keine Angst mehr, allein in die Wohnung zurückzukehren, ihr größter Wunsch war erfüllt worden, sie gestand sich ihren Stolz ein, bald zu einem so guten Haus zu gehören, zu einem der ersten der Stadt. Plötzlich zitterte sie, stimmte das überhaupt? War es nur eine Phantasie?

Nein, es war kein Wunschtraum, es war die Wahrheit. Vorsichtig schlich sich Freude in ihre Seele, auf das nächste Jahr, auf das Leben. Und darüber, dass etwas *nicht* sein würde. Die lebenslange Fron als Meyer-Hohnes Ehefrau.

Außerdem war sie nicht allein, das Hündchen war immer noch bei ihr. Noch? Nun nicht mehr.

«Hugo!», rief eine helle Frauenstimme. «Da bist du ja!» Und plötzlich sauste das Hündchen mit glücklichem Kläffen davon. Es waren nur ein paar Schritte bis zu der Ruferin, zu deren Füßen es einen wahren Freudentanz aufführte, sich wieder und wieder um die eigene Achse drehte, das einem schon vom Zusehen schwindelig wurde, endlich sprang es wie eine Katze in die Luft und direkt in die Arme einer jungen Frau, deren rotes Haar seinem glich, nur war es nicht weiß gescheckt.

Theda hatte ihrem kleinen Begleiter aus gutem Grund keinen Namen gegeben und sich trotzdem allzu sehr an ihn gewöhnt – ihr Herz wurde schwer. Es war ein so unwirklich reicher Tag gewesen, nun endete er mit einem Verlust. Dass es sich hier um einen Diebstahl handelte, konnte wahrhaftig niemand behaupten, die Wiedersehensfreude von Hund und Herrin rührte selbst die ruppige Buchbinderin, obwohl sie gerade Servatius den letzten Wurstzipfel weggeschnappt hatte und genüsslich kaute. Die junge Frau herzte und drückte das aufgeregte Tier, rief ein ums andere Mal: «Ach, Hugo, wo bist du nur so lange gewesen, du kleiner Ausreißer, wir dachten, du bist tot, wie konntest du mich nur so ängstigen …»

Hugo! Theda seufzte. Hugo passte für eine Bulldogge, für das

Hündchen wäre ihr ein Name wie Fippsi oder Flöckchen eingefallen. Da wurde Thedas Herz wieder leicht, es wendete sich *doch* alles zum Guten. Wenn sie in Madam Augustas Dienste trat, könnte sie kaum ein Hündchen im Gepäck haben. Obwohl man das bei einer so eigenwilligen Dame nie wissen konnte. Nein, es war ein Glück, ein geradezu weihnachtliches Glück, dass nun auch das Hündchen – sie konnte sich nicht dazu durchringen, es Hugo zu nennen –, dass auch das Hündchen nach Hause gefunden hatte, just an diesem Tag, an dem niemand ohne Zuhause sein sollte.

«Mamsell Theda?» Vor ihr stand Gesine Lindner, ihre freundliche Nachbarin auf Zeit. «Habt Ihr etwa Hugo gerettet und Obdach gegeben? Ich bin Euch schrecklich dankbar. Mit uns Tür an Tür – wenn ich das gewusst hätte. Meine Freundin hat ihn auf dem Fischmarkt verloren und jammert seit Tagen, als sei nicht ein nutzloses Schoßhündchen, sondern ein Menschenkind abhandengekommen. Wir haben überall gesucht, mir tun immer noch die Füße weh, dabei war er ganz in der Nähe und in Sicherheit. Ich war überzeugt», sie senkte die Stimme und warf ihrer Freundin einen raschen Blick zu, aber die war völlig mit Hugo und der gegenseitigen Wiedersehensfreude beschäftigt, «ich war überzeugt, Hugo ist längst in der Wurst gelandet. Na gut, dafür ist er wohl zu dünn, das lohnt ja kaum das Fellabziehen. Aber ich bin auch aus anderem Grund froh, Euch zu treffen, Theda, ich habe schon zwei Mal an Eure Tür geklopft.»

Sie wolle Theda einladen, den Heiligen Abend und auch den morgigen Tag gemeinsam zu verbringen, es sei doch ungemütlich, allein in der Reimann'schen Küche zu sitzen, geradezu deprimierend. Nein, es mache gar keine Umstände, papperlapapp, sie habe sowieso viel zu viel gekocht und gebacken, das sei nämlich eine ihrer großen Leidenschaften. Im Übrigen habe sie immer gern viele Menschen um ihren Tisch, dann werde es erst lustig, ganz besonders Weihnachten, wo doch jeder zur Rührseligkeit neige, Gott allein wisse, warum. Es seien noch andere Gäste da, auch ein Freund ihres Mannes und erst wenige Tage in der Stadt, der kenne auch noch niemanden. Er sei ein Professor aus Göttingen, trotzdem ein angenehmer Gesellschafter. Am besten komme sie gleich mit, man habe ja den gleichen Weg.

«Na, wenn man vom Teufel spricht! Da ist er ja, unser Professor. Frederik, ich habe Euch gerade benutzt, um unsere Nachbarin zu überreden, das Christfest mit uns zu verbringen. Was ist los? Habe ich etwas Komisches gesagt?»

Frederik Gensler, Professor aus Göttingen und Freund der Lindners, hatte gerade durch das Seitenportal den Schappendom betreten und kam in der Tat mit lachendem Gesicht heran.

«Nichts Komisches, Gesine», sagte er heiter. «Oder doch, vielleicht ist es doch komisch. Ich hatte heute schon das Vergnügen, eure Nachbarin kennenzulernen. Ich bin sicher, langweilig wird das Fest in solcher Gesellschaft bestimmt nicht.»

Nicht daran gewöhnt, dass um ihre Person so viel Aufhebens gemacht wurde, war Theda von der Welle der Ereignisse und Freundlichkeiten nun doch ein bisschen schwindelig. Ob all das geschehen wäre, wenn sie weder das Hündchen noch Elsi getroffen hätte? Sicher nicht. Genau genommen war es auch umgekehrt gewesen, Elsi und das Hündchen hatten sie getroffen. Und festgehalten.

Alle, die um den Trödlertisch gesessen hatten, hatten sich auf den Heimweg gemacht. Anton Schaffer, der beim Anblick seines einzigen Kindes, vertraulich nah neben einem ernsthaften jungen Mann, auch einem Anfall von Rührseligkeit erlegen war, hatte Anders für den Weihnachtsabend eingeladen. Der hatte nur in den Vierlanden lebende Verwandte, also für die späte Stunde viel zu weit entfernt, und hatte nach anfänglichem Zögern und unsicheren Blicken mit Würde und kaum verhohlener Freude angenommen. So ging an diesem Heiligen Abend niemand allein nach Hause.

Es dämmerte, und die Fenster der Stadt, in den Wohnungen wie in den Läden und Gasthäusern, waren heller erleuchtet als gewöhnlich. Wer immer es sich erlauben konnte, saß an diesem Abend nicht nur bei einer Kerze oder Ölfunzel, einem Kienspan, einem bescheidenen Küchenfeuer oder gar im Dunkeln, wie etliche in den elenden Quartieren, sondern hatte mehrere Kerzen angezündet, in wohlhabenden Häusern wie in Madam Augustas Zuhause sogar viele und zumindest in Salon und Speisezimmer aus bestem Honigwachs. Madam Augusta fühlte sich leicht und glücklich, sie hatte eine gute Entscheidung getroffen und sich damit einen Wunsch erfüllt, von dem sie nicht gewusst hatte, wie groß er gewesen war. An Thedas Entscheidung zweifelte sie nicht.

Womit sie völlig recht hatte. So waren an diesem Abend drei Wünsche in Erfüllung gegangen, die das Leben von drei Frauen heller machten. Vielleicht sogar glücklich, das musste die Zukunft zeigen.

Als Theda und Gesine Lindner, jede an einem galant gereichten Arm Frederik Genslers und gefolgt von der glücklichen Freundin mit dem vergnügt herumhüpfenden Hündchen, die Domkirche verließen, erklang vom nur wenige Schritte entfernten St.-Petri-Kirchturm hell das Glockenspiel. Und dann, wie es sich für einen gelungenen Weihnachtsabend gehört, begann es zu schneien. Weiche Flocken, Theda spürte sie beglückt auf ihrem Gesicht, schwebten fedrig leicht vom Himmel und ließen bald selbst die düsteren Ecken der Stadt verheißungsvoll schimmern und glitzern.

Zurück im Dom blieb nur die Gottesmutter mit ihrem Kind, die rundliche Maria mit den menschlich schläfrigen Augen auf ihrem staubigen Podest hoch an der Säule. Wie seit einigen hundert Jahren. Sie hatte mit alledem nichts zu tun. Sie war nur ein behauener Stein mit ein bisschen verblassender Farbe.

Kleine Geschichte der Hamburger Domkirche

Der Hamburger Mariendom ging auf ein der Jungfrau Maria geweihtes Holzkirchlein samt Neben- und Bibliotheksgebäude in der sogenannten Hammaburg zurück, das spätestens 834 zur Bischofskirche erhoben wurde. Nach Plünderung und Brandschatzung durch die wilden Dänen schon wenige Jahre später wurde eine neue Kirche errichtet (weitere Zerstörungen und Neubauten sollten folgen), der Bischofssitz jedoch in das sichere Bremen verlegt. Der erste steinerne Dom ist für das 11. Jahrhundert belegt, die spätere gotische Domkirche wurde 1329 geweiht und nach und nach zur fünfschiffigen Hallenkirche mit hoch aufragendem Turm, Kreuzgang und bedeutenden Nebengebäuden zum reich ausgestatteten Domkomplex erweitert. Bis zur Reformation wurden unter anderem mehr als vierzig Nebenaltäre gestiftet. Der größte Anbau war die «große Halle» für Predigten – zugleich Teil des Kreuzgangs –, zu Anfang des 16. Jahrhunderts, weil hier später Tischler ihre Erzeugnisse verkauften, Schappendom (Schapp = Schrank) genannt. Auch der seit dem frühen 14. Jahrhundert im Dom abgehaltene Weihnachtsmarkt, Vorläufer und Namensgeber der Hamburger Kirmes, fand hier Erweiterung.

Lithographie von Peter Suhr nach einer Zeichnung von Christoffer Suhr, um 1800

Vom Kaiser mit bedeutenden Sonderrechten ausgestattet, blieb das Domareal zum steten Ärger der Hamburger ein eigener kleiner Staat inmitten der Hansestadt mit weitreichenden Rechten, auch über alle anderen Kirchen der Stadt. Mit der Reformation erlangte der Rat entscheidende Rechte über die städtischen Kirchen, nur der Dombezirk war weiter dem Erzbischof von Bremen unterstellt beziehungsweise den jeweiligen weltlichen bremischen Herrschern: ab 1648 Schweden, ab 1719 dem Kurfürsten von Hannover und König von England. 1803 endlich, nach fast einem Jahrtausend als «fremde» Enklave, fiel er zurück an Hamburg, schon ein Jahr später begann – ruck, zuck – der Abriss eines der bedeutendsten mittelalterlichen Bauwerke Norddeutschlands. Angeblich wegen Baufälligkeit, sicher auch, um das ewige Ärgernis endgültig loszuwerden und eine Rückforderung unmöglich zu machen.

Gotische Kunst galt in jener Zeit als oller Kram – die große Zahl sakraler Kunstschätze, Urkunden und Dokumente wurde verramscht, zerschlagen, zum Abfall gegeben, untergegraben, Grabplatten, Bauschmuck und Steine für den Kanal- und Deichbau verwendet.

Sehr wenig blieb erhalten. Der Lukasaltar von 1469 zum Beispiel befindet sich heute in der Hauptkirche St. Jacobi, Holzskulptur und Tafelbild des Domgründers und ersten Erzbischofs Ansgar in der Hauptkirche St. Petri, beide nur wenige Schritte vom alten Domplatz entfernt.

Der prachtvolle Marienhauptaltar aus der bedeutenden Werkstatt des Absolon Stumme (1499) wurde «für ein Butterbrot» in Einzelteilen verkauft. Je vier in weitere Einzelteile zersägte Flügel mit Malereien aus dem Marienleben landeten nach einer Odyssee durch Schlesien, Preußen und Ostpreußen schließlich im Warschauer Nationalmuseum. Sie sind inzwischen wunderbar restauriert.

Eine der großen Glocken von 1487 ruft vom St.-Nikolai-Kirchturm in Altengamme zum Gottesdienst. Zu den wenigen Dom-Relikten im Museum für Hamburgische Geschichte gehört die nahezu unversehrte kleine Sandsteinmadonna, dem

Kind auf ihrem Arm fehlen allerdings Kopf und Hände. Sie wurde erst 1982 bei Grabungen nach der Hammaburg im Domschutt gefunden. Vermutlich ist sie um 1430 für einen Marienaltar oder als einzelne Votivfigur geschaffen worden, ich habe mir erlaubt, sie an einer Säule des Schappendoms zu platzieren. Kein idealer Standort, aber in dieser Geschichte der einzig richtige.

Übrigens: Mit der Einrichtung des Erzbistums Hamburg 1995 wurde die im neuromanischen Stil erbaute, 1893 geweihte Pfarrkirche St. Marien im Stadtteil St. Georg zur Domkirche, seitdem hat Hamburg wieder einen, wenn auch erheblich kleineren St.-Marien-Dom. Niemand denkt daran, ihn je abzureißen.

Für die Unterstützung bei der Recherche habe ich vielen zu danken, zum Thema Dom wie so oft dem Staatsarchiv Hamburg, besonders Joachim Frank; über Maria, ihre Darstellung in der Kunst und ihre Rolle für die Gläubigen haben mir Dr. Marita to Berens-Jurk und Christine von Seht in der Hamburger Hauptkirche St. Jacobi wahrhaft geduldig Auskunft gegeben.

Petra Oelker

Die Autorin

Petra Oelker, geboren 1947, arbeitete als Journalistin und Autorin von Sachbüchern und Biographien. Mit «Tod am Zollhaus» (rororo 22116) schrieb sie den ersten ihrer erfolgreichen historischen Kriminalromane um die Komödiantin Rosina im alten Hamburg. Zu ihren in der Gegenwart angesiedelten Romanen gehören «Der Klosterwald» und «Tod auf dem Jakobsweg».

Foto: © Jochen Quast

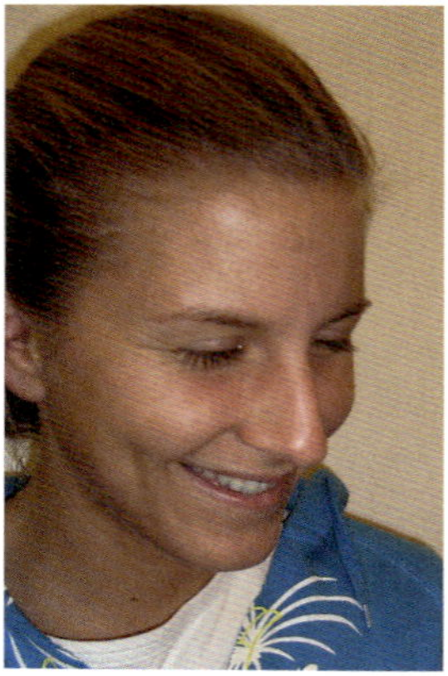

Foto: © privat

Die Illustratorin

Andrea Offermann wurde 1980 in Köln geboren. Sie studierte Illustration am Art Center College of Design in Los Angeles. Nach ihrem Abschluss 2005 kehrte sie nach Deutschland zurück und arbeitet seitdem im Kunst-, Comic- und Illustrationsbereich. Sie lebt mit ihrem Mann in Hamburg.

MIX
Papier aus verantwortungsvollen Quellen
FSC® C083411

Das für dieses Buch verwendete Papier ist FSC®-zertifiziert.